他们生于1942

看，他们说

[韩] 玛丽娜奶奶　　著

[韩] 陈爷爷　　绘

克瑞斯　　译

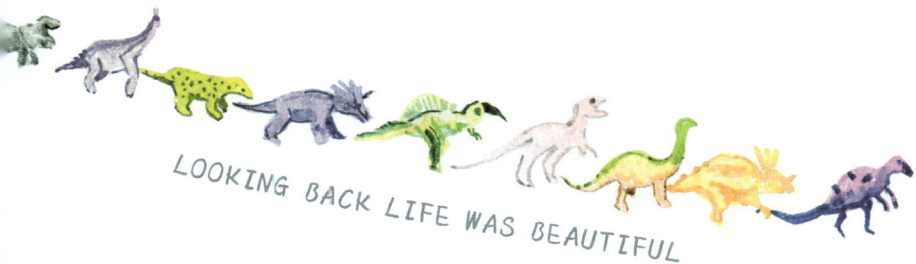

LOOKING BACK LIFE WAS BEAUTIFUL

北京时代华文书局

图书在版编目（CIP）数据

看，他们说：他们生于 1942 / （韩）玛丽娜奶奶著 ;（韩）陈爷爷绘 ; 克瑞斯译 . — 北京 : 北京时代华文书局，2022.5

书名原文：Looking back life was beautiful

ISBN 978-7-5699-4553-9

Ⅰ . ①看… Ⅱ . ①玛… ②陈… ③克… Ⅲ . ①儿童故事—图画故事—韩国—现代 Ⅳ . ① I312.685

中国版本图书馆 CIP 数据核字（2022）第 033151 号

北京市版权局著作权合同登记号 图字：01-2021-5472

tarcherperigee
tp
an imprint of
Penguin Random House
penguinrandomhouse.com

看，他们说：他们生于 1942
KAN , TAMEN SHUO : TAMEN SEHNG YU 1942

著　　者｜[韩] 玛丽娜奶奶
绘　　者｜[韩] 陈爷爷
译　　者｜克瑞斯

出 版 人｜陈　涛
策划编辑｜关菊月
责任编辑｜田晓辰
责任校对｜薛　治
封面设计｜贾静洁
版式设计｜段文辉
责任印制｜訾　敬

出版发行｜北京时代华文书局 http://www.bjsdsj.com.cn
　　　　　北京市东城区安定门外大街 138 号皇城国际大厦 A 座 8 楼
　　　　　邮编：100011　电话：010-64267120　64267397
印　　刷｜北京盛通印刷股份有限公司　电话：010-52249888
　　　　　（如发现印装质量问题，请与印刷厂联系调换）
开　　本｜880mm×1230mm　1/32　　印　张｜9.25　字　数｜100 千字
版　　次｜2022 年 5 月第 1 版　　印　次｜2022 年 5 月第 1 次印刷
书　　号｜ISBN 978-7-5699-4553-9
定　　价｜82.00 元

你的心知晓一切，它会引导你。

前言

今天，如往常一样，我们]在思考接下来应该画什么。我们总是在寻找灵感，讨论想法。我的丈夫画了一幅画后，我会为这幅画配些文字。虽然我的丈夫不会管自己叫画家，我也不愿管自己叫作家，但我们还是这么继续下云了。

无论什么时候，只要想到我们在做的事情，我脑海中就会浮现一个词，而那个词总会让我雀跃，往往我都得花些时间让自己冷静下来。这个词是"in-yecn"，它的意思是某种注定的相遇，一个命定的连接。

我们俩都于1942年出生于首尔，那是个马年。1961年，我们进入彼此相遇的地方——首尔国立大学教育学院。大三刚开始的时候，我们学院举办了诗画展。我三交了一首名为"苹果"的小短诗，然后主办方分配了一个我从没见过的学生，过来为我的小短诗作画。第一眼看到他为我的诗作的画，我就很喜欢。那是一幅抽象画，与我的诗非常搭，它让我再次欣赏起了自己写下的文字。

我的内心充满喜悦，并注意到了这个叫陈在利的作画学生。展览的最后一天，所有参与这次诗画展的学生一起举办了爆米花派对。散场后，我和陈在利发现我们住同一个方向，于是便一起走回家。

谁能想得到缘分的种子就这么在1963年种下了呢？诗歌与配图把我们带到了一起，缘分的种子发展成了爱情，在52年后的2015年长出新的枝丫，并在2020年，我们快80岁的时候，开出本书这样可爱的花朵。

我们在差不多的年纪经历了战争，在相遇之前，我们经历了贫苦的童年，我们有很多相似的品性和经历。在他服兵役的三年里，我十分痛苦，几乎想要代替他去服兵役。在我们谈恋爱的其余时间里，我们几乎每天都会见面，谈天说地。我忘记了那段时间的大部分细节，但我还记得很清楚的一件事就是学生们坐在学校草地上，弹着民谣吉他，唱着歌。

我们在1967年结婚，那时我们只有25岁。现在回想起来，我们结婚似乎太早了，但是当时我们觉得很合适。这件事我们谈了很久。考虑到我们都要当老师，暂时也没必要生孩子。我们在新吉洞的一个出租屋里开始了婚后生活。那只是房东家里的一个小房间，好在带有厨房设备，现在我仿佛都还能看见那个红砖房。我们俩都在学校全职当老师，我丈夫教科学，我教韩语。在没有孩子的前几年，我们过得很快乐，但过了一段时间，拥有一个属于我们自己的孩子这个想法越来越诱人。在1971年3月1日的一个清晨，我们的第一个孩子出生了。儿子出生之后，我们便买了我们最宝贵的财产——一台朝日牌的潘太克斯相机，只为了给他拍照。我们是一对有责任心的年轻夫妇，严格遵循时局的口号：生男生女都一样，只生两个养成人。呃……我们其实也没有那么有责任心，只是当时所有人都这么做。每天，无论你去哪儿，都能看到这个口号，而且这个口号有种很奇怪的说服力，让人忍不住想照着做。

20世纪70年代的韩国还是一个非常贫穷的国家，1974年，为了寻求更好的生活，我父母和弟弟妹妹移居巴西。第二年3月，我的女儿出生了。我哭得很厉害，感觉非常孤独。没有什么特别悲伤的理由，但我就是不停地哭。那个时候大家还没有产后抑郁的概念，所以我也不清楚自己为何会哭，现在看来，那时的我一定是得了产后抑郁。那年夏天，我们买了一台大韩电线生产的冰箱，我特别兴奋。新冰箱在厨房安装好时，我们小声说，这是我们第二宝贵的财产了，仅次于那台相机。院子里的野生红玫瑰藤爬满了外面的整面墙，我们还在院子里养兔子。我们的狗——空空伊，还有一条住在花园小池子里的金鱼，是儿子的朋友。

有一天，父亲从巴西回来探望我们。我和另外两姐妹之前没有和父亲他们一起移居巴西，我们三个都结婚了，父亲这次回来是想带着我们和他一起去巴西。他和三个女婿一一见面，询问他们是否愿意去巴西。三个女婿都同意了，然后他接着去见了三家亲家，询问他们是否愿意让儿子和媳妇去巴西，答案也是一样的。1981年，我们无畏地登上了金浦机场的飞机。

感谢弟弟妹妹们的帮助，我们成功地在圣保罗安了家。两年之后，我们习惯了在一个新地方的生活，于是开了一家服装店，叫作"精品交响乐"。我丈夫会去采购服装，三个巴西员工和我负责销售。第一年，还有第二年，我们的销量在圣诞节期间都非常好，孩子们也会来店里帮忙叠礼物盒，我们还会雇几个临时工。谁知道开一家小店能这么有意思呢？韩国一句老话说得对：经商比读博好多了！当然，我们以为经济会一直这么好。不是因为我们蠢，或者不会读巴西报纸。作为雄心勃勃而又勤奋的普通人，我们无法感受到动荡时代已经到来，我们只是遵循惯性生存，期望每一天都能和昨天一样。就连现在，住在巴西的韩国人还是每年都说着一样的话："今年比去年还糟糕。能怎么办呢？"然后他们的巴西朋友会安慰他们说，"Vai melhorar"，会变好的。

一年一年这么过着，我们的孩子也都有了他们自己的孩子。我们女儿的两个儿子——亚瑟和亚伦相隔一年相继出生，他们俩是我们的小天使。有时候，我会抱着他们，感觉他们仿佛变成了我的儿子，许久之前，在首尔时我也曾那样抱着我的儿子。其他时候他们会变成柔软的代名词，是那种我以前从未感受过的柔软。对他们的爱，于我而言，是年老后的一份巨大礼物。这俩孩子3岁的时候，我感觉自己也变成3岁了，我还陪着他们步入小学。我们会一起玩捉迷藏，或者玩这个游戏——努力想出尽可能多的字母A开头的单词。我丈夫退休之后，他的工作就是开车送亚瑟和亚伦上学。五年来，他都兢兢业业地在早上和下午接送他们。

我们和孙子们相处的时间是如此温暖美好，然而女儿却突然宣布要搬回韩国。这对我们来说无异于晴天霹雳。

手绘明信片，1978年

女儿在2015年1月搬走。远在纽约的儿子十分担心他的父亲在这之后的状态。他知道他的父亲最后会整天呆呆地盯着电视。有一天，儿子突然建议道："爸，你应该画画。"他还记得小时候，父亲会在废弃的硬纸板上为他画画。但我丈夫这些年来愈发固执，根本不肯听。"胡说！我干吗要突然开始画画啊？"但我和儿子统一战线，劝他再拿起画笔。有一天他终于听烦了，然后画了一幅城市风光，配字是

"抑郁之云",接着还画了一匹马,一个雕像,还有一些很随机的东西,类似于路灯柱、棕榈树和垃圾桶。我开始为他的画写一些更长的配文,然后儿子教我们怎么把这些东西发到社交媒体上,这样他就能了解我们最近的生活。然而,在几个月之后,我丈夫画得越来越少,因为他对画画的兴趣在慢慢消失。

几个月后,我们第三个孙子阿斯特罗在纽约出生了!我们特别开心,飞到纽约去见他。有一天晚上在吃完饭的时候,我丈夫突然问儿子:"你说阿斯特罗长大之后会是怎样的?"

"怎么这么问?"儿子反问道。

"因为到那个时候,我就不在了啊。"

儿子陷入了沉默……他说自己以前从未思考过父母的年纪，或者说从未思考过这件不可避免的事情。然后他有了主意，并且建议父亲开始为孙子们画画，这样等他们长大之后，就能知道他们的爷爷是个怎样的人。我会为每一幅画写一段小故事，儿子可以将文字翻译成英语，女儿可以将文字翻译成葡萄牙语。

这就是我丈夫开始为孙子们画画的缘由。

我们把社交账户名设置为"给孙辈的画"。儿子做了一个非常简单的视频，解释一个七十多岁、脾气暴躁的老头子为何开始用网络社交平台，然后把这段录像放到了网上。这段视频和世界各地许多人产生了共鸣，很快就传播开，获得了数百万的点赞。

惊人的是，我丈夫一直以来都很讨厌被某件事束缚，但自从开始为孙辈们画画，他每天都在坚持画。没有人逼他，他还会把画上传到网上。他会分享这些画，亲自读大家留给我们的评论。他兢兢业业地作画，力求不出错，虽然现在已经习惯了，但我知道坚持下来对他来说并没有那么容易。对于老年人来说，要对自己的创作有信心其实是很难的，更别提还要处理技术相关的事情。只要一两天不练，电脑和手机就会变得十分令人迷惑。

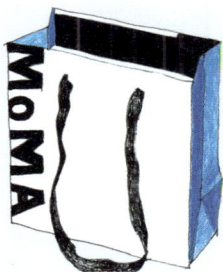

最后，儿子的视频引起了BBC一个记者的注意，他分享了视频，还写了一篇关于我们的文章，使这个"异地韩国爷爷在网上讲故事"的事变得有名。我们收到了许多媒体的采访请求。以前的学生和学校的朋友看到新闻开始重新联系我们时，我们感到十分新奇而美妙。直到现在，来自世界各地的评论和私信都能触动我们的心。比如：

感谢你们把这些分享给我们。

这张图片真温暖。

我哭了！

我很想念过世的爷爷奶奶。

两个离开巴西的孙子到韩国时不怎么会说韩语，也不怎么会读韩文，但他们很享受在韩国的学校生活。对我来说这是一个惊喜，我也十分欣慰。他们很享受在学校食堂用餐，一起走路上学，在公园里和新朋友们一起尝试各种不同的运动。只有一件事让我们放不下，他们经常说："奶奶！爷爷！你们什么时候来找我们啊？"

就这样，我们俩在离开36年后，于2017年10月底回了韩国。在我们离开的这些年，韩国变化很大，这十分美妙，也让人困惑。年轻人都长得更高了，而手机一直在响，提醒我们空气质量，让我们记得检查是否需要开新的血压药。

2019年8月的一天，在更加适应韩国的生活之后，我们收到了来自纽约的一个消息，这让我们异常喜悦。

今天我们迎接了卢阿来到这个世界！母女平安。

儿子给我们发了大量照片，我们感到十分开心。卢阿这个名字在葡萄牙语里的意思是"月亮"，就像她的名字一样，卢阿伶俐漂亮。从她脸上，我们能看出她和她曾奶奶有相似之处，同时也看得出她和我们儿子智星，还有我们女儿美琉的相似之处。遗传真是奇妙！

2020年1月底，我们去往纽约，终于亲手抱到了卢阿。我们一直在笑，因为卢阿一直挂着大大的笑容看着我们。她的笑容能让人开心，多么美妙啊！

一开始，我们画的所有画都写上了"给AAA"，"AAA"分别代表三个孙子名字的首字母：亚瑟（Arthur）、亚伦（Allan）和阿斯特罗（Astro）。现在我们的孙女卢阿来了，她爷爷非常骄傲地在签名上加了一个"L"（Lua），并对她说："希望你也能了解我的用心，小家伙。"

回韩国后，我们像以前一样，为在这里和在美国的孙辈们画画、写文。今日如昨日，明日亦往昔，我们会像现在这样一直画下去，写下去。

——玛丽娜奶奶和陈爷爷

目录

仰望星空，莫看脚下。

——史蒂芬·霍金

春

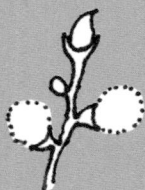

你的每一件小事

嘿，阿斯特罗：

你一岁左右的时候，我们一起去过一家艺术画廊。

我记得很清楚，你当时是怎么跑着，眼睛里闪着光，想要一览所有的作品。你最喜欢亨利·卢梭的画。回想起那天，我还记得你让爷爷给你画一幅名为"梦"的画。

阿斯特罗，今天你又梦到了什么呢？能画下来给我们看看吗？我们想知道关于你的每一件小事。

时光旅行

小阿斯特罗在还不能说话的时候，就总是拉着爷爷的手，把他拽进自己的房间。爷爷开始敲鼓，阿斯特罗就会手舞足蹈地到处跳着。他们把鼓点和舞蹈都融入了游戏中。

几分钟后，爷爷就开始回想过去的时光。他回想起三四岁的时候，记忆里，他的父亲会把地面当成一面鼓，然后敲打起来。咚！咚！他会随着这个节奏起舞。

随着鼓声，爷爷仿佛变成了他的父亲，而阿斯特罗变成了他小时候的样子。

006

美好的一幕

在一个雨天，你们俩走在一起。

兄弟俩，在一把伞下并肩走回家。

天在下雨，沿途的风景吸引着你们。

看着你们俩在前面走着，我的心很温暖。

古尔甸雀

这些日子里，我和爷爷终于发现，这个世界充满了美。我们年轻时，忙着追赶生活的脚步，没有发现这些美好。这意味着我们终于成熟了吗？一切都是如此神奇而美丽。这些日子里，我们无论在哪儿，都能窥见这个世界无比动人的一面。

你听说过澳大利亚的古尔甸雀吗？它们大概有10厘米高。看看它们身上那鲜艳的颜色啊！

自然之美无与伦比。
这是否意味着我们人类也是美丽的存在呢。

孩子有自己的语言

我们一家人一起去自然历史博物馆玩。阿斯特罗一直在念叨着什么，亚瑟和亚伦问道："你在说什么呢？"

"霸王龙，霸王龙……"阿斯特罗爬到亚伦肩膀上，然后亚瑟把他们俩放到自己的肩膀上，做成一个人塔。阿斯特罗是一个古生物学博士！他对那头霸王龙十分感兴趣。亚瑟和亚伦在他这个年纪的时候也一样，所以他俩毫无怨言地把阿斯特罗举高，好让他近距离看看。但霸王龙的脸还是离他很远。阿斯特罗不停地小声抱怨，那头霸王龙却只是微笑。阿斯特罗的表兄们听不清他在说什么，但看起来，那头霸王龙似乎听懂了。

阿斯特罗现在2岁
他还有自己的语言
他不停地说着表兄们并不总能理解的话
但霸王龙一下子就听懂了

那些想念你们的时刻

有时候，突如其来的，我们会想听到你们的声音。每当这种时刻降临，我们会画画写作，一如往常。

013

致世界上所有的母亲和孩子

照片上，阿斯特罗正和妈妈在一个室内游乐场里玩耍。他此刻一定很开心——他很喜欢和其他人一起玩，而此刻他似乎尤为开心，因为他和妈妈在一起。就算图里的孩子不是阿斯特罗，看起来也会让人心情愉悦。每个孩子在和自己妈妈一起玩耍的时候，不都是开心的吗？能在一起就足够完美了。

啊！我想把这张图献给世界上所有的在职妈妈。感觉不久前，我都还是一个在职妈妈。我生命中的大部分时光都是一个在职妈妈。是的，我要把这张图献给所有担心孩子的在职妈妈，还有所有在妈妈忙着工作时感到一丝丝孤独的孩子。

我们有什么不同吗？

一条狗正在哭泣。你能猜到原因吗？

所有把狗当作家人的人都知道，狗狗们有自己的欢乐与痛苦。前一刻，它们会因为家里空无一人而感到孤单，下一刻，在看到人类饲主走进房门时，又会充满欢乐。图片里这条情不自禁哭泣的狗狗背后有一个故事。

一个动物保护组织捐钱援救狗狗，他们设法救出了20条狗。其中一条狗被救命恩人摸头时，它哭了起来。那条狗当时感受到的欢乐一定难以形容。离开危险环境后，安全感一定占据了它所有的感官。我试着去想象那条狗当时的情绪。我们人类真的和这条对着救命恩人哭泣的狗有很大不同吗？

017

春日来临，然后离去

春天降临在圣保罗，而首尔和纽约的秋日正在慢慢离去。在全世界范围内，四季来来去去，有时候它们会停留一会儿，其他时候它们就那样过去了。了解圣保罗春天的人会知道，有时候春天似乎要来了，其实已经结束了。

到时候了

阿斯特罗在盯着窗外。

他在那儿站了很久。

他的背影传达出浓浓的情绪。

他看着窗外的街景，等着和他玩了一整天的爷爷奶奶再次出现。

他回想起爷爷奶奶开着车离开的场景。

阿斯特罗的背影，孤独的样子，让我心痛。

你知道吗，阿斯特罗？虽然你还没有意识到，但是在你心头留下了一点点、小小痕迹的东西，那是名为分离的痛。

那种痛很快会变为对某人的渴望与思念。

我希望有一天，当你再次体会这种痛时，你就能知道，这世界上还有名为团圆的喜悦。

爷爷医生

这是某天早上发生的事情。

"嘿，阿斯特罗，过来。你睡得好吗？"
阿斯特罗走到爷爷身边，但并没有回应。

"怎么了？你受伤了吗？阿斯特罗？"
阿斯特罗什么都没有说。他爬到了爷爷的床上，然后指着嘴唇。他一定是撞到了什么东西。

"天啊！一定很疼吧。嘿，阿斯特罗，爷爷吹吹就不疼啦。"

爷爷吹了一口气，阿斯特罗就开心了起来，并且拉起了爷爷的手。爷爷知道这表示他想去房间里玩。他们一起在阿斯特罗的房间里玩了一整天。

孩子的脚

孩子们会长大。

每一个小时都长大一点点，每一天都长大一点点。

他们一直在成长。

某人的儿子，某人的父亲

某天，我自己一个人走在街上，看到一位四十多岁的男人坐在小凳子上磨刀。他用脚转动轮子，双手拿着刀，边干活边唱歌，开心而专注地干他擅长的事情。我走到他身边，问他每天要磨多少把刀。他给了我一个大大的微笑，回答道："八到十把。"我不忍心继续问他每磨一把刀能赚到多少钱。

他一定是某人的儿子，也许也是某人的父亲。在巴西，八月的第二个周日是父亲节。那一天，父亲们能得到一个特别的拥抱。尽管每个好父亲都值得更多，但一个拥抱也足以让一位父亲的脸上绽放笑容。

蝴蝶

看到那些四处飞舞的蝴蝶了吗？真美丽啊。

看着它们明亮的色泽与舞动的身姿，我突然想起了小时候唱的一首歌。

嘿，蝴蝶，让我们一起去那郁郁葱葱的山上

嘿，凤蝶，你也跟着一起来吧

如果途中天色变暗，那我们便在花朵中小憩一夜

如果花儿不欢迎，那我们也可以睡在树叶上

似乎过去的人们有时也会想远离人类世界——

想要一起盘旋着向上飞，去往绿油油的山谷。

为什么他们那时会那样想？

我还记得以前的夏日，我是怎么到处跑着跳着去抓蝴蝶。

那是我们的暑期作业。在韩国，最常见的是黄色蝴蝶和菜粉蝶。

如果能找到一只虎凤蝶，我的心都会激动得加速跳起来。

你可以想象，当我来到巴西，人生中第一次看到蓝色蝴蝶时有多惊讶。

时间在悄无声息间流逝

有时候奶奶我会忘记我们住在巴西，
尤其是当我看着天空飘浮的云彩时。
我们搬离韩国已经有35年了。
就像那些云彩，飘过广阔的天空，
时间在我意识到之前便流逝过去了。
那个独自走在水边的男人，也像云彩一样飘走了。

那是什么感觉来着？

阿斯特罗在和他爸爸踢球。他激动地在柔软的草地上奔跑。和爸爸一起踢足球看起来真的很有意思。"啊哈哈哈！"阿斯特罗的笑声让树木和花儿都笑得明艳了起来。

回响在场地上的声音一定会让邻居们说："阿斯特罗在和他爸爸踢足球赛呢！我们加入怎么样呀？"

阿斯特罗的爸爸是个很厉害的足球教练。回想起阿斯特罗的爸爸还是个小男孩的时候，那是什么感觉来着？我都记不起我丈夫有没有和我们的儿子一起踢过足球了。他也许只是躺在那里看电视转播的棒球赛，然后抱怨着他到底有多累。

老师，老师！

我出门的时候看到一群孩子围成一个圈坐在草地上，听着老师讲话。真的太可爱了。对于我来说，他们就像阿斯特罗和亚伦。他们在那个小圈圈里都在学什么呢？我放慢脚步来观察他们。

有个孩子在观察蚂蚁。
有个孩子在从草地里拔花朵。
有个孩子盯着老师，不管身边的人怎么捅他……

我想过去加入他们。我也想举手问问题。"老师，老师！如果老虎和狮子打一架，谁会赢呀？"不对，不对，那是很早之前，在老虎还能说话之时人们也许会问的问题，现在没人会对那种事情感兴趣了。

"老师，老师！你更喜欢谁呀，是蜘蛛侠还是钢铁侠？"

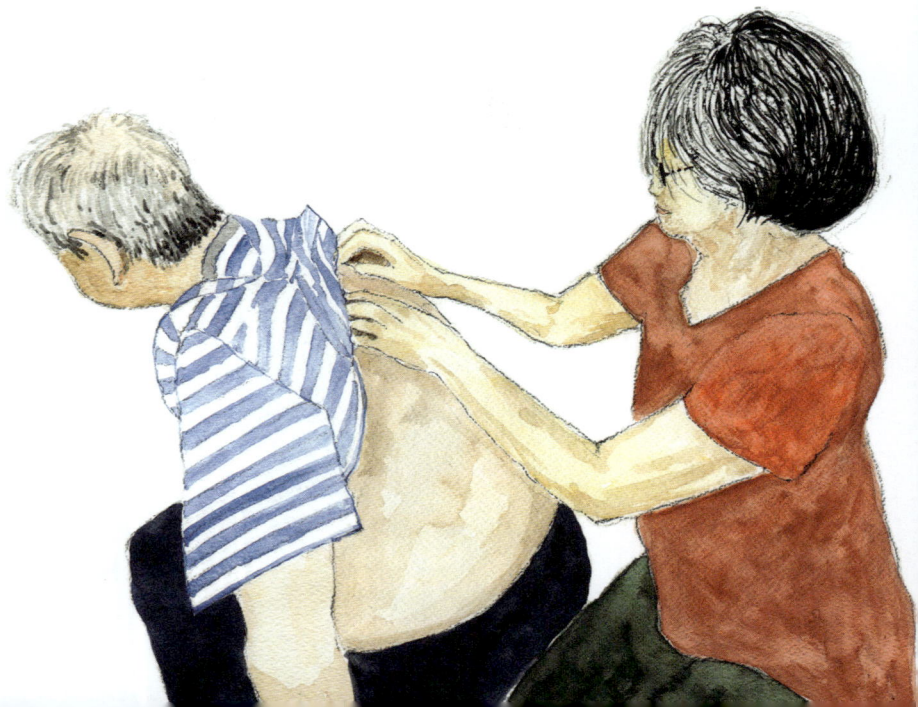

后背痒

为什么年纪大了之后，后背就会变得那么痒呢？肚子或者胸反而不会痒。每天最起码有一次，你们爷爷会突然大喊，"拜托！过来帮我抓痒！"我知道他是什么感觉，也知道这件事有多紧急，因为我也一样。我会立即冲过去，把他的衣服撩起来，然后开始给他抓痒。

"上边、下边、左边……不对，右边，低一点儿……啊！就是那里！"我总是能找到那个痒痒点！

为了能挠得更用力，我很早之前就不留指甲，也不涂指甲油了。但不论我抓得多努力，你们爷爷似乎永远没法满足。也许是因为已经没用了，或者他不好意思了，过一会儿你们爷爷便会说："好啦，够啦！"

小小的安慰

现在还很早！小小的一束阳光从树枝后面探出头来。公园最繁忙的道路边上，有三个人坐在长椅上。我不知道他们是不是一起来的，也不知道他们是朋友还是只是陌生人。路上人来人往，戴着时髦帽子的男人弹着吉他，唱着歌。不知为何，我感到他身边的两个人很悲伤。或许并不太多，但我希望那个柔软、甜蜜的巴萨诺瓦旋律能给他们艰难的一天带来小小的安慰。

恐龙魔术

这张恐龙图是用深蓝色颜料画的。这是一只霸王龙，深蓝色似乎让这只恐龙变得更神秘了。我来和你们说说这张图是怎么变成这样的。

一位年轻的母亲给你们爷爷发了一个邀请：请来参观我儿子的幼儿园吧。如果您能过来和他们讨论绘画和韩国文化，孩子们会很开心的。

我们能做什么呢？我们思考了很久，然后有了一个完美的主意。听说同在幼儿园的阿斯特罗这些日子很喜欢恐龙书，爷爷就画了许多恐龙带过去。这些恐龙图一出现在四五岁的孩子面前，他们的眼睛就亮了起来。

"你们也想画一个试试吗？"
他们便开始集中注意力画画。前一刻还吵吵嚷嚷的，瞬间便安静下来。为什么小孩子都这么喜欢恐龙呢？

跑步

阿斯特罗在跑步。

他光着脚跑，但跑得很快。

我不知道这有什么好玩的，但是他突然大笑出声。

他跑得很好，没有摔跤。

跑步有那么有意思吗？

树都在为他鼓掌，

隔壁的女孩大声叫着：

"快点儿！再快点儿啊！"

只有我们夫妇有些紧张。

好了，阿斯特罗，快停下！阿斯特罗！

活到老，学到老

阿斯特罗三岁半的时候开始上学。上学第一周，他每天都会在学校门口紧紧贴着他妈妈，然后大声哀号，但从第三周开始，他就开始笑着去上学了。阿斯特罗，恭喜呀！就像在首尔度假时爬石头、穿绳桥，享受每分每秒一样，你也会充分享受在学校里的每一天，对吗？

这么小就去上学……我不知道这是好事还是坏事，奶奶还有很多事情不知道呢。

世上万物

一个装满了各种物品的车子停在了一条繁忙的街上。

我回想起了塑料袋出现之前的日子，那时的托盘和地毯都由竹子或者稻草编织而成。女人会努力平衡头上一大捆大大小小的篮子，然后四处走着售卖。

也许车上的物品看起来像是垃圾，但里面的每一样东西都是我们日常需要用到的。

我想买样东西来帮助摊主。啊，我看到了一样十分需要的东西。我得买下来。

妈妈，我的妈妈

我完全不记得给妈妈送过花了，但我还能把那首在韩国父母节唱的歌从头到尾唱下来，或者说最起码唱到第二段副歌……

他们说普天之下有许多事物，
但没有什么比得过一个母亲的牺牲。

当忘记一些事情的时候，我便想着去问问妈妈，但很快我会记起来，她很早之前就去世了，而这会让我再次悲伤。我做了很多对不起母亲的事，而现在甚至都记不起当初是出于什么原因做了那些事了。

我真的很想你，妈妈。

日落

我想搞清楚这幅画的重点是什么。

是太阳？岛屿？还是大海？

或者是那只鸟？

不管怎么看这幅画，我都觉得重点是那抹浓郁的红。

太阳落山。

最后，它会潜入地平线。

一位老人长途跋涉，只为捕捉这个画面。

他带着相机去了很远的地方，即便在春日也是如此，只为能拍到几张好照片。

每次看到日落，我的心都会雀跃起来。

一位朋友离开了我们

"一位好朋友去世了。"你们爷爷说道。

史蒂芬·霍金，出生于1942年，虽然他和你们爷爷从未相遇，但他们的年纪是一样的，也都对宇宙有着无限的向往，所以我知道你们爷爷一直认为他俩有着相似的灵魂。人们说这个世界运行的方式如此奇怪，你没法真的相信一切，但霍金教授直面了宇宙的神秘——仅凭一个人，一个大脑。他让我们看到了人类可以有多伟大。

霍金教授现在可以自由地旅行了，从这一颗行星穿越至无垠星系。让我们在心底为他留下一个特殊的位置，然后一遍一遍地重复他留给我们的信息："仰望星空，莫看脚下。"

时间流逝

我在进城的地铁上注意到一位老妇人。

这位老妇人坐在为老年人和孕妇准备的椅子上，她坐得很直，一直盯着那些给一般乘客的座位。我能感觉到她的孤独。在这样一个漫天灰尘的日子，她戴着口罩、拿着拐杖要去哪里呢？真想知道她年轻时的经历。

最后的犀牛

我读到一篇文章，讲的是苏丹的死亡。

苏丹是世界上最后一头雄性北非白犀牛。

动物濒临灭绝不是说说而已。作为种群里最后一头犀牛，图片里，它站立在那里，体形巨大强壮，表情十分坚定。我似乎能听到它在向我们哭喊：

"你们还认为未来有你们的一席之地吗？"

一个我永远没法想象的场景

寒意在离去。
天气还是有点儿冷，
但在我心里这已经是春天了，
我就是这么心急的人。
可以说这是一种由变化而产生的奢侈品，
是我们这些能享受四季变化的人独有的财富。

现在已经有很多人在河边骑单车了。我不会骑单车，所以只能站在远处羡慕地看着他们。不过有一个问题：空气中有很多灰尘。

远处的建筑物几乎不可见，河里的水也变得灰白，倒映着天空的颜色。当我还是一个小女孩的时候，无法想象人们在骑单车的时候还得戴着过滤空气的口罩。我们昨天甚至收到了通知，告诉我们最好不要出门。

我们今天欢迎降雨

现在是五月，四季中的女王。

这个时候，所有的树叶会从漂亮的豆绿色变成深绿色。

一场备受期待的大雨从早上下到了现在。

去往学校的路上，满是快乐地走在伞下的孩子。

树叶也很开心，因为雨把灰尘都洗干净了。

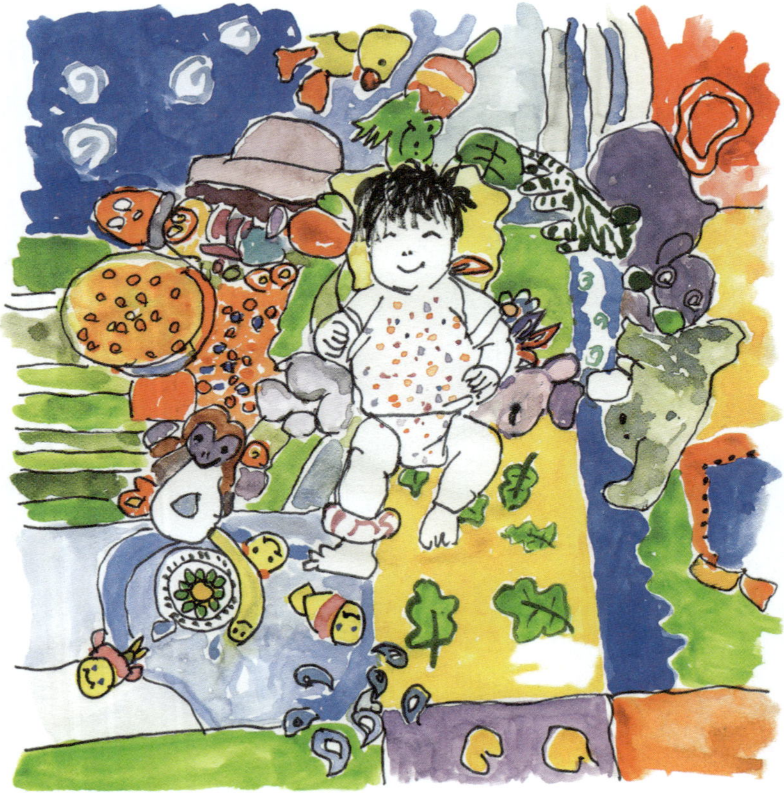

你自己的世界

嘿，阿斯特罗：

你五个月大的时候，一整天都在牙牙学语。你努力和我们沟通，还会手脚并用，在空中挥舞。就算奶奶离得很远，也仿佛能听到你的声音。一天又一天，属于你的思想和故事都在增加。那是一个只属于阿斯特罗的世界，其他人都看不到。

一起走

你们也许注意到了爷爷奶奶经常拌嘴，对吗？但最近，有些事不一样了。你们爷爷以前很讨厌两三个人并排慢慢走，他总是觉得那样走的人太讨厌了，挡了所有人的道，所以他从来不愿意走在我边上，总是冲到前面。回到韩国后，我们经常坐地铁。地铁站里非常拥挤，对于我来说，上楼下楼都很困难，所以我会很焦虑。一天，我开始抓着你们爷爷的胳膊，最后，我们便互相挽着胳膊走在一起了。真的很美妙，勾起了我很多愉快的回忆。

好吧，我们几天前又一起出去散步了，五月的微风很舒服，突然，你们爷爷牵过我的手，甚至还和我十指交叉。从那之后，我们拌嘴的次数就变少了。

065

安静

孩子入睡都很快。

我悄悄地仔细观察孩子的脸庞。

孩子安心地拥着娃娃。

2017 年，你们爷爷受《国家地理》杂志邀请，

前往加拉帕戈斯群岛，

参与了一个为期十天的考察，

并把他自己的经历画了下来。

这些绘画作品刊登于《国家地理》杂志。

加拉帕戈斯

鲜艳色彩

在加拉帕戈斯群岛见到的动物中，我最喜欢的就是蓝脚鲣鸟。你们知道它们的脚是怎么变成耀眼的蓝绿色的吗？这与它们吃的鱼有关。脚越蓝，就越健康，所以雌性鲣鸟会去寻找脚最蓝的雄鸟。

爷爷希望你们能像蓝脚鲣鸟一样，每个人都带着自己的鲜艳色彩长大成人。

这一切是怎么发生的

当一只雄性军舰鸟试图吸引伴侣时，它会让喉咙那里的红色口袋膨胀起来，然后发出十分响亮的鼓鸣声。你们觉得只有动物会这么做吗？才不是呢！爷爷我念大学时，会尽可能把自己捯饬得帅气，然后到处唱流行歌。你们能相信吗？一位友好的年轻女士开始对我感兴趣了，我们就那样陷入了爱河。

动物们说

乌龟漫步前行，缓慢而坚定，头对着我高高扬起，说道："这么些年过去了，你肯定感觉那不过就是一瞬间的事，对吗？"

你们绝对不会相信，在我靠近的时候，一只懒洋洋地躺卧在海滩上的海狮看都没看我一眼，便说道："你到底在好奇些什么？"

来到这边之后，爷爷我才意识到我们人类到底有多糟糕。我们愚蠢自大，不顾将来世界的环境！我们怎么敢让自己居住的世界，自己的孩子，还有他们的孩子将要居住的世界，面临这样的危险！

每一天都是新的冒险

这只乌龟比爷爷的年纪大很多

夜空

有一天晚上，爷爷抬头看向夜空，突然感到很悲伤。

我还是个孩子的时候，每晚都会盯着夜空，缠着大人问星座的名字和它们背后那些神话故事。一颗星星，两颗星星，三颗……我会躺在妈妈铺在前院的竹席上，数着星星入睡。

我是从什么时候起，不再看天空的？尽管天空每日每夜都在我的头顶。

那晚在加拉帕戈斯群岛仰望星空，我学会了一些东西。许多年来，我一直以为人生不过是源源不断的困难、压力和疲惫，但现在回头看，人生还是美丽的。爷爷很长时间以来都没有意识到这一点，在那晚，星星教会了我。

给我的 Ⴈ、Ⴈ、Ⴈ 和 L

阿斯特罗，你是独一无二的耀眼星星。

正直、诚实的亚瑟，永远保持好奇的亚伦，

还有刚刚加入我们家庭的宝贝卢阿，我等不及想给你一个大大的拥抱。

等你们都长大了，时不时想念我时，我已经不在这个世界上了，

但我正在为那时的你们写信和画画。

如果你们能在年纪大一些后来到这个地方，我能肯定，就像我一

样，你们会在内心深处感受到生命有多么宝贵。

生命脆弱，却也难以预测，充满魅力。

自然低声向我轻语。

看看天空。

看看群星。

注意仙人掌的曲线。

留意白鸟的羽毛。

望向那满是石头的岛屿。

观赏日落。

聆听海鸥的歌声。

倾听海浪的声音。

孩子们在夏天长得更快

夏

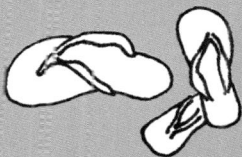

孩子们在夏天长得更快

看到爷爷在一块石头上画的昆虫后，阿斯特罗喊道："这是瓢虫！"

我简直没法相信我听到的东西。

爷爷很激动，于是他画了一幅画——图上是一片花海，里面到处藏着许多小生物。

我们玩起了在画里找小生物的游戏。

夏天，这个属于昆虫的季节，正路过人间。

不止是蜜蜂和蝴蝶，在炎热的夏日，你还会找到四处跑来跑去的阿斯特罗。

孩子们在夏天长得更快了。

就像成熟的葡萄一样，他们会长成最美好的样子。

在水里玩耍

在一个炎热的夏日，你们和我一起去朋友家拜访。
你们在泳池里泼着水，
接着在阴影里躺着休息了一会儿，
然后到一个小浴缸里笑着玩游戏。
在水里玩耍着，我们都忘了炎热。

混乱的世界

整片天空都是灰色的。

现在正下着毛毛细雨，几乎没有人出门。

现在很安静，我想我会放一些欢快的音乐。

这段时间，在报纸上很少看到正面的新闻了。我感到很焦虑，担心这个世界会一点就爆，发生糟糕的事情。现在冷漠的人越来越多了。

看着天空，我发现我并不是在为自己祈祷，而是在为你们未来的和平而祈祷。我会让你们爷爷为你们画一条希望的彩虹。

森林里的自行车

看，森林里有一辆自行车，靠在一棵树上。

肯定是谁把它留在这里了。也许他们看到这里的花如此美丽，空气如此清新，决定在这里休息一会儿。

那个人是你妈妈，阿斯特罗。你知道，对吗？不久前，你妈妈生病了。她现在已经好了。她不需要吃药了，而且可以骑着自行车来到这个地方。她说，当她终于恢复健康，可以到离家三十多公里的海边时，内心各种情绪翻涌，一时无法道清。

所以，让我们再看看这幅画。这幅画背后有许多故事，你不觉得吗？

他和树融为一体

亚伦爬上了一棵树。

在上去的过程中，他停了一下，稍微喘了口气。

妈妈注意到他，大喊道："别爬那么高，亚伦！"

亚伦没有回应妈妈。

"我不是和你说过了吗？你会掉下来的！"

亚伦抱住了那棵树，一动不动。

当我再转头看过去，亚伦已经离开了，我只能看到树干突然变粗了一圈。

我的天！亚伦变成了一棵树。

我就这么看着

在我们展览的第一天，一个男人来到展厅，他用一根细长的棍子探路。他身边还跟着一个助手。

"他们肯定不是来看画的吧？"

但我的想法太理所当然了。我错了。

他们在每一幅画前都会停下来。我甚至不能告诉你们，我看着他们的时候有多紧张。那个助手在每一幅画前都会停下，然后很详细地描述。她描述一会儿，然后他们前往下一幅画。他们看起来都非常满足。

我想站得离他们近一点儿，听听他们说的话。不过我得小心点儿，不要打扰到他们。我只是站在展厅的另一边看着他们。我看着他们，心在颤抖。

你们能想象在那个人的心中，每一幅画是什么样的吗？

阿斯特罗在滑板车上

看着阿斯特罗像专业人士一样高速玩滑板车的视频，我想起了阿斯特罗四个月时的一个早上。

我早早起床了，把小阿斯特罗放到婴儿车上带他出门。街上很安静，连风都没有，但我们到公园的时候里面就满是小孩了。那天有一个孩子吸引了我的视线，那个孩子大概有两岁，但他一个人就能骑滑板车！天啊！我都不知道有小孩子做得到。我们的阿斯特罗有一天也能那样骑滑板车吗？那个小男孩让我感到震惊，并且好奇阿斯特罗会不会有一天也像他一样，把滑板车骑得那么好。

阿斯特罗一下子就长这么大了，骑着滑板车到处跑，就像那个小孩一样。也许会有和我一样的奶奶，看着你，然后开始期待她的小孙子也能像你一样骑着车到处跑。谁知道五年后的阿斯特罗能做些什么呢？别忘了我们总在看着，想知道你接下来会做些什么。

爷爷的短裤

你们觉得爷爷穿短裤如何？他这样穿其实挺好看的吧？这么穿都年轻了好几岁！他穿成这样去了高中同学聚会。那是一帮老年人，都八十来岁了。那是一个下午，他们聚在一个餐厅里，闲谈了几个小时，度过了很美好的一段时光。

那天很热，爷爷没想太多，就穿着牛仔短裤过去了，就像当初在巴西那样。但似乎在韩国，这么随意的穿着代表你不尊重这个场合。爷爷一个关系很好的朋友悄悄接近他，提醒他下次不要穿短裤过来了。爷爷毫不犹豫地点点头，毕竟他也不是一定要穿短裤出门。

接力赛

想到接力赛我就紧张。如果我没能接住接力棒怎么办？或者如果没能好好传递出去怎么办？如果我把接力棒掉了怎么办？或者跑得不够快怎么办？或者……不好！如果我摔倒了呢？

我想象着你们这些男孩子自己跑一场接力赛。接力棒是一束花。

亚瑟把花递给亚伦，然后亚伦递给阿斯特罗。阿斯特罗想把花给他最喜欢的小恐龙。

他的朋友能接到这束花吗？我们都知道这束花实际上就是爱，所以我们都很确定他会开心地接过花。

小恐龙跑了起来，终于……啊，这可真有意思！
小恐龙转过身，把花递回到阿斯特罗手上。

接力赛又重新开始了。

亚瑟第一次刮胡子

亚瑟，看到你在14岁第一次刮胡子的照片时，我感到十分骄傲。你知道为什么吗？也许因为你不再是一个小男孩了，你现在是一个男人了。我问你爷爷他第一次刮胡子是什么时候，他说记不清楚了。

我注意到你最近看起来不太整洁。是妈妈建议你剃胡子的吗？你感觉清新了很多吗？过程还好吗？肯定没有那么简单。现在你已经开始刮胡子了，你肯定会成为一个专家的！

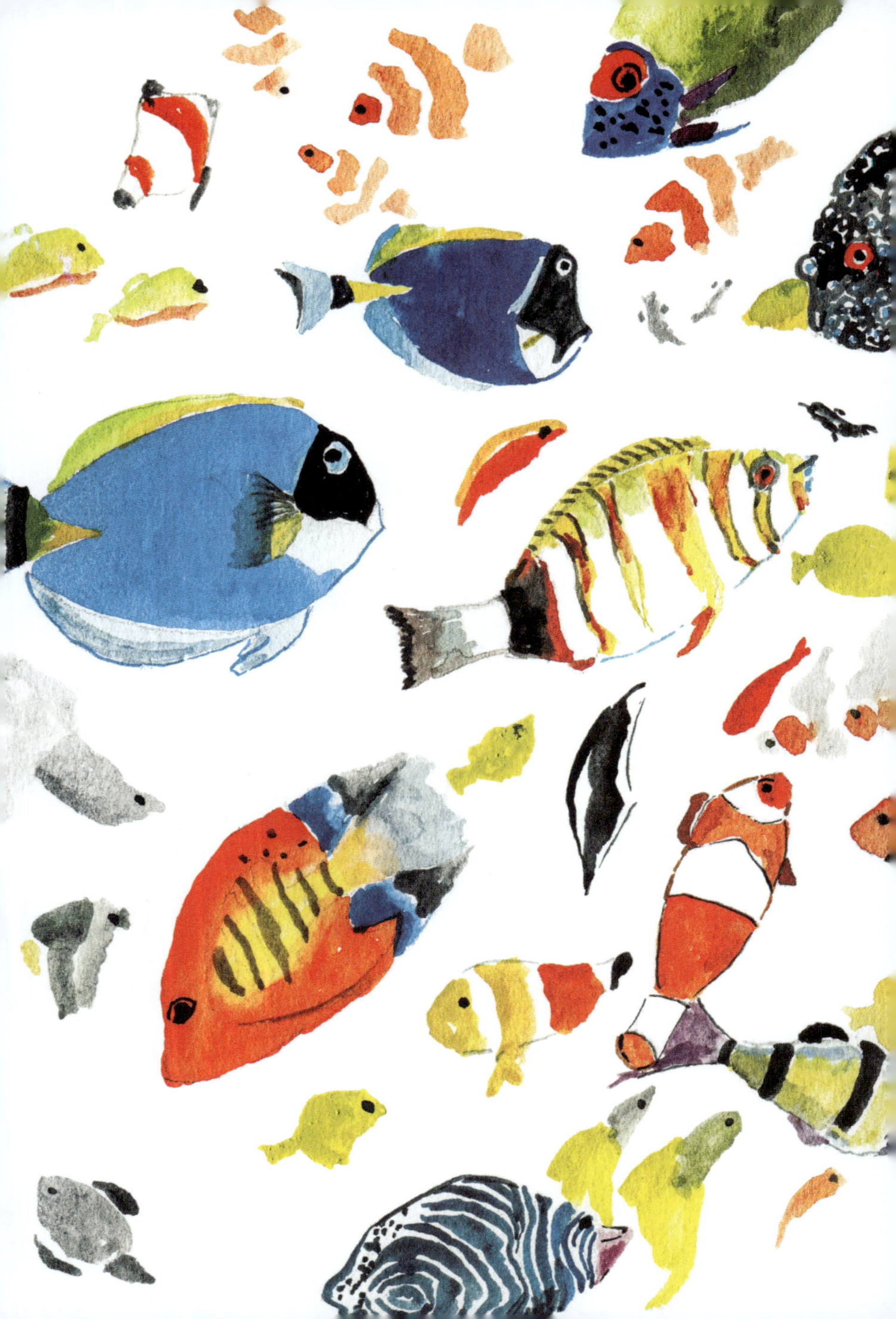

热带鱼

亚瑟很快就要上中学了。我真的很骄傲。

亚瑟兄弟俩一到韩国就直接去上学了，他们当时甚至连韩语都说不流利，而现在他们已经完成五六年级的课程了。他们都做得很好。我一直在想应该送什么礼物来祝贺你，我终于有了个主意。我记起来你在巴西时，曾在一个鱼缸里养了两条小鱼，所以我让爷爷给你画一些很漂亮的鱼。

说实话，我也有其他的理由。我一直希望你在上中学之后能读美国作家保罗·维利亚德（Paul Villiard）的《理解的礼物》。我每次在班上教那个故事时都会流泪。我一直希望自己某天也能写出那样的故事。那个故事里面有热带鱼。

阿斯特罗的舞蹈

阿斯特罗，你在五月来临前三岁了。

你跳舞的样子让我感到惊异。

你怎么知道这个古老的韩国旋律？

你是在哪里看到的，在哪里学到的？

还是说你自己领悟出了节奏和跳舞的方式？

看着你跳舞，我就知道了，你体内流淌着韩国的基因。

情侣们

亚瑟，奶奶像你一样念初三的时候，去了高年级学生办的一个秘密读书俱乐部。那里也有男生。那是美好的经历，我们一起读《伊诺克·阿登》和《茵纳斯弗利岛》之类的书，然后一起讨论。那个时候还有些男生会陪我走回家，他们会把信给我朋友，让她们转交给我。其实我觉得有点儿吓人，因为担心被爸爸发现。就算我在大学里和你爷爷约会，当我们走近我家时，我还是会开始担心，怕别人看到我俩在并肩走。

36年后再度回到韩国，我看到年轻的小情侣在街上或者地铁站里偷偷地快速亲对方一口。时间流逝，韩国也变了。对奶奶爷爷这对白发苍苍的年迈老人来说，看到一对年轻情侣紧紧依偎着坐在长椅上真的很美丽。

你对谁有感觉吗，亚瑟？

捉迷藏

阿斯特罗藏在一棵树后面。

"嗯？他去哪里啦？"我这么说道，仿佛在自言自语，但我说得足够大声，我知道他肯定能听到。我假装完全不知道他在哪里，往相反的方向走去，但阿斯特罗知道他很快会再次听到奶奶的脚步声，所以他一动不动地站在那里，暗暗期待。

我完全不记得和妈妈这样玩过捉迷藏。她总是很累。一个接一个地生孩子，努力抚养他们，在那个时候，没有这种和孩子玩耍的文化。再者，七个兄弟姐妹中，我是二女儿，而且从小身体就不大好，所以家里不让我出去和邻居家的孩子们玩耍。

在抚养自己的孩子时……啊！我都不记得那是什么感觉了！
亚瑟、亚伦，你们还记得和我一起玩捉迷藏的事吗？现在，转瞬之间，阿斯特罗就到了这个年纪。你们能听到阿斯特罗藏在那棵树后面，努力让呼吸声安静下来吗？"呼呼，呼呼……"

我假装这里看看，那里看看，到处都找过了，然后喊道："啊！他在那里！我看到阿斯特罗的头发冒出来了。"我能感觉到，我和阿斯特罗在那一刻都紧张了起来。

416 只鲸鱼的死亡

今天我听说了一件悲伤且令人难以置信的故事——数百只鲸鱼集体死亡。

有416只鲸鱼突然冲上了新西兰的一个沙滩。它们分成两组冲上沙滩，每组都有两百来只鲸鱼。人们尽力拯救它们，想出了各种方法把它们带回海里。
难道它们不想活下去了吗？

前段时间我读到一篇文章，详细描述了出现在一只居住于北大西洋的鲸鱼胃里的各种人类垃圾。你们觉得那些新西兰的鲸鱼是想要以死向人们抗议什么吗？我的心情一整天都很沉重。我想着所有那些喜爱鲸鱼的孩子，他们一定不想让它们遭受这样的苦难。

玩沙

一个孩子在河边的沙滩上玩耍。

他安静地坐了很久，手里捏着沙子。

让我问问你们：

这个孩子在想些什么呢？

蝉鸣一整天

晨间的喜鹊和白日里的蝉，听着它们的声音，我忘记了我们处于大城市的中心地带。在这个地方，街道之间离得比森林里的树木都近，而蝉在这么个喧闹的大合唱中会鸣叫一整天。

今天的蝉鸣声与过去不同．它们以前叫得更惬意。它们会叫一会儿然后停下，仿佛是要休息一下，省省嗓子。这些日子，蝉会鸣叫一整天，根本不停歇。

我想到一个问题。在这些公寓楼建造起来之前，这个地方满是树木吗？如果是那样，这里本来也是蝉的家。

逆戟鲸提里库姆

在寒冷的北大西洋，一个猎人抓住了一条独自玩耍的2岁逆戟鲸。它被叫作提里库姆，从此开启了和之前完全不一样的生活。它必须每天都训练，这样才能供人类娱乐。

在大量训练之后，这条逆戟鲸成了最棒的表演者，它收获了来自世界各地的欢呼和掌声。三十多年来，提里库姆都在跳出水面，在高空中旋转，然后重重地落回水里，带起一片水花。造成一个训练员淹死后，它出现在各大新闻里，还成了一部纪录片的主角。所有人都在讨论提里库姆对人类来说是否过于危险，人类能不能和它一起工作，以及是否应该囚禁逆戟鲸，却没有人尝试理解它心中增长的愤怒。在那个意外事故后不久，提里库姆就被喊回逆戟鲸表演池里继续为大家表演了。

随着时间的流逝，提里库姆变老，生病。在35岁去世之前，它还整整痛苦挣扎了一年。在死亡后，十米长、六吨重的逆戟鲸提里库姆

才能回到它在大海的家。它一定一直都在渴望回到那里。现在，在冰冷清澈的海水里，它的灵魂会告诉其他逆戟鲸自由的意义和陪伴家人的重要性。我想我几乎都听到了。

一个普通社区的夜晚

圣保罗的普通社区独具魅力，因为这里充满平民烟火气。这种社区的楼有红色的屋顶，白色的墙面，偶尔还能看到那种老石板屋顶。这种社区长着茂盛的树木，墙面上绘着五彩斑斓的涂鸦。

现在差不多是晚上六点，我脑海里浮现出这样的场景——妈妈们在家里做着晚餐。你们知道一锅沸腾豆子的香味有多温馨吗？空气里的味道闻起来像是有人在做炸鸡。闻着这些诱人的香味，我开始感到饥饿了。

这是家人们一个接一个回来的时候。
这是一天接近结束的时候。
晚餐的桌子因为大家一整天的故事而充满欢乐。
你们今天过得怎样呢？

巴西人也喜欢大蒜！

今天我看到公寓楼外面有一个人在卖大蒜。我总觉得像是见到了一个老朋友。他看起来十分熟悉，所以我跟着他走了好一段路。路过一个街边小店的时候，他举起一捆大蒜，仿佛那东西根本没什么重量一样，然后喊道："看看大蒜啊。大蒜来了。"

那一刻，我想到了刚到这里的时候。我们在中央市场区域跟着车流前行，然后我看到了一个大蒜店。没错，一个只卖大蒜的店！一堆一堆的大蒜，堆起来和小山一样高。有一袋一袋包装的大蒜，还有编好的大蒜辫子。真正让我感到惊讶的是，那些大蒜被绑起来的样子和韩国的一模一样。"哇，我真不敢相信！"

谁知道巴西人也吃这么多大蒜呢！这让我认为我们在巴西的生活也会很好。更让我震惊的是，很久之后，我听说巴西人会在米饭里加大蒜。

自然的方式

这是从我们公寓看到的哈拉瓜山。

我们叫它南山，在韩语中意为"南边的山"。这会让你们想起首尔的南山吗？

我这么多年来都有看它的习惯，不知为何，总觉着和它有一定联系，仿佛看到了我的家乡。

乌云开始慢慢聚集，狂风暴雨来袭。

再次提醒我，自然有多强大。

自己创造的美

我们亲爱的亚瑟和亚伦，自你们离开，已过去七个月了。住在圣保罗的时候，你们每次过来都会仔细观察我所有的植物。你们会检查辣椒藤上的绿辣椒。每次度假回来，你们都会跑到阳台上来看看我的植物。你们离开的时候，绿辣椒已经变成深红色了。拥有美丽红色的辣椒在自己生长，这株植物自己创造出了自己的美。

小花园

在巴西住的小房子里，我最喜欢的是室内阳台。我们把蓝色砖块贴到墙上，它们让这个地方变得十分美妙。单单这样就已经让这里很美了，但我想：要不然我们在这里种一些蔓生植物？于是我跑去花草市场，买了一些长长的长方形陶瓦花盆，把它们挂到两边的墙上。看起来比我想象的还要好看。我们种的第一样东西是爱之蔓。

一开始，每次开窗就只能看到圣保罗灰色的建筑物，让我感到像是被困在这里了，但自从开始打理小花园，照顾这里的一切之后，我就感觉好了起来。

老虎

7月29日是世界老虎日。设立这个日子是为了帮助拯救濒危的老虎。你们知道朝鲜半岛以前到处都是老虎吗？人们认为它们充满魅力，但也十分危险，于是百年前那些过于"热心"的猎人把最后几只老虎也杀死了。

骄傲的老虎，作为1988年首尔夏季奥林匹克吉祥物，回到了人们的视线里。

一直都在长大

当我们在九个月后再次见到阿斯特罗时，他不仅个子长了不少，就连说话方式、态度和思想也都成熟了不少。有的时候他突然的一些用词会让我大吃一惊。但他同样保持着特有的婴孩能量：坐不住；虽然小，但强大到能让一家人都听从他的想法。很厉害，也让人羡慕。

阿斯特罗让我们都站了起来。"我们一起玩火车游戏吧。"
他甚至还会看谁是热情满满地在玩游戏，谁没有好好努力。他还会给需要的人一些鼓励，这样就没有人会说"好了，玩够了"。
老天！我们都累坏了。真的太辛苦了！

关于山的一些想法

这座山很大，很神秘。

我们人类是多么渺小而肤浅啊。

阿斯特罗和卢阿

阿斯特罗在看着小婴儿。

他十分小心地抚摩她的脸颊。

他很快移开了手。

婴儿动了一下！

他把手虚放在婴儿的脚上，几乎没有碰到。

"好软啊！"这世上没有比它更柔软的东西了。

阿斯特罗，让婴儿继续睡下去吧。她还小呢！

别打扰你的小妹妹。

很快她就会跟着你到处跑，问你无数的问题：

"这是什么呀，阿斯特罗？"

"阿斯特罗，这会很疼吗？"

"我为什么不能跟你一起去呀？"

好好享受现在的安静吧，很快她就会不停地缠着你啦。

婴儿床

阿斯特罗很安静。他在哪儿呢?

哦!他躺在婴儿床里?!天哪,他看起来在哭。

你感到孤单吗,阿斯特罗?我想我知道你是什么感觉。

你有时候也希望能重新做一个小婴儿吗?没问题,在那里再躺一会儿吧。像一个婴儿一样侧躺蜷缩着。婴儿床里那股婴儿的味道很快会让你入睡。等你休息了一段时间,再次醒来之后会感觉好一些的。然后你就可以跑过来,看看小婴儿要干什么,小心地摸着她的小手和小脚丫,嘟囔着:"卢阿,我可爱的小妹妹,卢阿!"

每年都会回来的企鹅

一位叫作若昂·佩雷拉·德索萨的老人居住在里约热内卢附近的一个岛上。有一天，他在家门口发现了一只奄奄一息的企鹅，全身满是油污。"我的天，你这小可怜儿！这是怎么了？"若昂开始仔细清理它身上的油污。他洗干净这只企鹅，并喂养它，最后，这只四岁的企鹅终于恢复了健康。若昂试图把这只企鹅送回野外，但这个小家伙就是不肯走。所以它和若昂一起住了一段时间，后来有一天它终于离开了。令人京讶的是，这只被若昂起名为"丁丁"的企鹅，在四个月之后又回来了。

从那之后，丁丁每年都会回到若昂身边，和他一起待上几个月。我很肯定，这只叫作丁丁的企鹅一定懂葡萄牙语，而且它很擅长表达感激。难道这不惊人吗？

所有的小婴儿都是天使

一位年轻的母亲抱着孩子在街上走着。那个小婴儿看起来不过两个月大。周遭的新鲜事太多了，小娃娃睁着水灵灵的大眼睛四处看着。对他来说，一切都很新奇有趣。

这个小娃娃看起来和拉斐尔一幅画里的小天使一模一样。我在他们身后走着，这个小娃娃和我视线撞上了，所以我挥了挥手。我情不自禁地开始做鬼脸逗弄那个小娃娃，他也开始咯咯笑了起来。我那样走了很久。

一回家，我就让你们爷爷给我画了一幅画：一个像天使一样的小娃娃。

爷爷的回忆

夜空的小号

随着日子一天天过去，爷爷心里也熟记了许多旋律。30年后，甚至60年后，你们会发现自己哼着现在喜欢的歌手的歌。不管时间过去多久，有一场表演我永远也忘不了。我是在一个洒满月光的夜晚听到的，那时你们母亲和舅舅都还很小。声音来自华谷洞边的一个小山上。

深夜，所有人都睡着了，我听到山里传来一阵小号声。那声音穿过树木，传播得很远、很广，让山脚下的人都能听到，也让夜晚的星空听得见。我不知道是谁吹的小号，旋律美好却又悲伤。我屏神宁息，倾听着每一个音符。

我的第一场入学考试

今天我来跟你们分享我人生中的第一场入学考试。60年前，如果想升入初中，就得参加一场考试。我当时对数学很有信心，大家甚至叫我算术博士，但考试的时候，第一道题就把我难住了。我解不出方程式。我慌张地重新仔细看了一下题目，但还是想不出解法。时钟一分一秒走着，我开始满头冒汗。怎么会有我解不出的数学题呢？我怎么会困在这么一道基础的题上面呢！我眼睛里开始充满泪水和汗水，连数字都看不清了。

所以，那种时候你们应该做什么呢？当然了，最明智的方法就是开始解下一题。但我完全被困在那里了，想要解出第一题，而那意味着我把整场考试都搞砸了。最后，我没能进入那所初中。孩子们，尽量别像爷爷这么傻。

我们在创造自己的历史

那一定是1963年吧，有一个朋友联系我，说大学文学社团想要办诗画展，问我愿不愿意来画画。一位年轻女士给了我她写的一首诗，并让我为诗配画。那是一首短诗，名为"苹果"。我不知道更打动我的是诗歌还是诗人，我画了一幅插画，她似乎很满意。在闭展日，所有人都聚到一起，我们开了一个爆米花派对庆祝展览的成功。

你们觉得那位年轻女士是谁呢？
没错，孩子们，我们的历史就是这么开始的。

我真的很喜欢那样

我们在1981年夏天来到了圣保罗。回想起来，我那时候是这样的：40岁，完全不懂葡萄牙语，是两个孩子的父亲——我有一个10岁的儿子和一个6岁的女儿。我当时肯定满是忧虑，忧虑到无法用语言形容那种感觉。但你们知道吗？我完全记不起来了。

现在，我会想起我们抵达后不久的一天，当时我发现，每个社区里都有在某些特定日子开放的菜市场，然后我去看了一下。吸引我注意力的不是那些堆得到处都是的有趣的在售物品，而是菜市场里男人们的样子。那些出来买菜的男人慢慢地推着手推车。注意到那些男人穿着短到可以当泳裤的短裤，买各种东西时，我十分激动。哇，看看！他们完全不在乎别人的目光，什么都不在意，他们看起来十分轻松。我真的很喜欢那样。

两个熟悉的形象

再回到首尔，我去钟路散了一次步。不管我怎么搜索回忆，这里也没有一样东西看起来是熟悉的。终于，不知从哪儿，我听到了一阵铃铛声。那是一个我熟悉的声音，我能立即说出那是什么。就在街上，天上飘着雪，那里立着救世军的圣诞壶！40年前，甚至是50年前，到了圣诞节前后，救世军会派两个人站在钟路和乙支路的路口摇一个小铃铛。能再次看到他们真好。改变的只有他们衣服的颜色，铃铛声还和以前一样。

时不时地，我觉得慢点儿会更好

秋

他在好奇些什么呢？

这个孩子在好奇些什么呢？

这让我也好奇了。

他在看些什么呢？

我想和他一起看看。

属于自己的

风里渐渐带了寒意，云朵也在变薄。

在圣保罗，这已经是秋天了。树叶纷纷从树上掉落，花朵却依旧在花园里肆意绽放。

我想，花朵和树叶都有属于自己的时间。

不久之后

一个早上，我们开着车，看到一个男人身上背着包，腰上挂着包，大包小包的……他那样低着头走路，在想些什么呢？他能在不久之后把那些包裹放下来休息一会儿吗？

我可爱的阿斯特罗

纽约现在肯定也秋意正浓吧。去年此时，我们正准备回韩国，于是我们花了两周和阿斯特罗待在一起。我们每天都会在这个社区不同的公园散步。成熟的橡子从橡树上落下，地上的落叶厚到让地面都变得有弹力了。我们把干叶子抛到空中，然后躺在地上。阿斯特罗会一动不动地在那里等一只上了树的松鼠。他看到我把落叶收集到帽子里，也把自己的帽子脱下来收集落叶。我可爱的阿斯特罗啊！

在他妈妈昨天发给我的照片上，他在看一朵野菊花。我昨天去拜访了母校，花了很长一段时间观察一朵长在石头缝间的淡紫色翠菊。这是不是很令人惊讶——我们离得这么远，但阿斯特罗和我都在欣赏满是野花的秋天美景。

我们都在看野花！

这里，那里，到处

嘿，孩子们，
你们还记得以前每个周四我们都会一起去家附近的超市吗？

你们走了，但还是有些事情会让我们想起你们。
这里，那里，到处都有我们的痕迹。

自拍

你们爷爷听到我在嘟囔"自拍根本没有看起来那么简单"后问我:"自拍? 什么是自拍?"我想你们爷爷甚至都不知道这个词。我告诉了他这个词是什么意思,当然还有要怎么自拍。他很惊讶,说道:"天哪! 我都不知道手机上的相机有让拍照变得如此简单的功能。"然后他立即喊道:"这有什么难的?"边说边拍,拍了一张又一张。

孩子们,你们觉得怎样? 爷爷拍得好吗?

过了一会儿,他像是发现了什么了不起的东西,看着我说道:"啊,我现在懂了。自拍这事儿……我不该从觉得这事儿难的人身上学。"

你们这些孩子得来教教我们。新年的第一天,你们爷爷和我定下了一个目标:我们想学会单手自拍。

等学会,我们将势不可当! 我们会拍出好看且自然的自拍,然后就可以给别人看了。

气泡膜

在巴西，想得到的一切东西都可以送到家门口，从艺术用品到泡菜、米饭、电器，甚至家具。但这也意味着家里总有成堆的气泡膜。我觉得韩语里面"气泡膜"这个词的发音很有意思，bbok-bbok-i。鉴于气泡膜对环境很不友好，只有在万不得已的时候，我们才从快递系统买东西，但我真的很喜欢戳那些泡泡。你们爷爷总是叫我扔掉它们，但我才不在乎呢。

我一开始戳，就觉得很有意思，以至于我没法把注意力放到其他任何事情上。但有一天，我注意到你们爷爷在画我戳泡泡的样子。他抱怨透明面很难画，准备放弃这幅画再重新开始。这时，我突然想到了一个主意！我们可以把气泡膜放到这幅画上，然后拍一张照片！上传到网上时，还可以配上气泡音效！

你们觉得怎样？我这个想法很有创意吧。

恐龙滑梯

阿斯特罗一直很喜欢恐龙，现在他终于有了一个真正的恐龙朋友！他把两个表兄喊过来一起陪他玩。他想要从恐龙背上滑下来，阿斯特罗喜欢夸张，所以他看起来像是要从世界上最陡峭的地方滑下来了。"别在那边！来这边！"他的表兄注意到了他。

那头蓝色的恐龙——温柔善良的腕龙——明显想和这些人类孩子一起玩耍，它一动不动地站在那里，这样他们可以安全地玩耍。
哇哦，这一定很有意思！

青蛙一家骑着鳄鱼

能看着三个孙子在一头蓝色的恐龙背上真的很好。但如果是青蛙骑在鳄鱼身上呢？坦托·詹森在印度尼西亚的雅加达拍到了一张照片，一只鳄鱼载了一家青蛙一程！鳄鱼等着，一只、两只……五只青蛙全部跳到它背上。鳄鱼很有耐心地等待着，直到整家青蛙，包括一只青蛙宝宝，都在它背上安顿好。它应该获得最佳司机奖！

兄弟俩

还在圣保罗上四年级和五年级的时候，这两个男孩子就经常一起出现，爷爷会每天接送他们上下学。他俩关系好得跟一个人似的，走路和说话都靠得很近。

从他们一起走路的方式你就可以看出来，亲兄弟到底是什么意思。看着他们就让我们感到十分满足。

亚瑟只比亚伦大一岁半，但是他在每件事上都会帮助亚伦。有哥哥在身边，亚伦肯定得到了很多照顾！亚瑟会帮他背包，有时候甚至扮演亚伦和爷爷之间的传话筒。"亚伦说他要去上厕所……亚伦说他渴了。"

现在他们俩都好好地适应了韩国社会，适应了一个对他们而言完全不熟悉的环境。戚戚兄弟，莫远具尔。真好啊，真好！

流浪狗

一看到挤满人的地方，我就会想到巴西的年终节日。

1981年12月是我们在圣保罗的第一个12月，在盛夏的街上听到圣诞歌让我感觉很奇怪，这和我熟悉的那个圣诞不太一样。但看到许多流浪汉躺在公园或者街上时，我很高兴天气没有那么冷。仔细观察，我发现大多数流浪汉都有狗，甚至还有几个人会照顾好几条狗。

下午六点左右，他们会去几处为他们准备了晚饭的地方排队，然后把食物带到长椅上，坐下来和狗分享。看到那个场景之后，我想：哦，他们就像家人一样。

你们觉得流浪汉为什么会照顾狗呢？让他们自己在寒夜里不那么寒冷吗？或者作为同伴，让他们感到不那么孤单？又或者是因为他们可怜同样没有家的狗？

分离的家人

这个戴着一顶漂亮帽子的奶奶叫李锦绣，她已经92岁了。因为战乱，她与丈夫和4岁的儿子分别的时间超过了65年。看到许久未见，时刻梦想见到的，现在已经七十来岁的儿子时，你能想象到她是什么感觉吗？一个母亲，终于能用双臂亲手抱住永不能忘、每日每夜都渴望见到的儿子时，那是什么感受啊？

他们因战争而分离，度过了不知自己最亲密家人是生是死的一辈子。有些妻子、丈夫、孩子，还有兄弟姐妹，在见到久未谋面的亲人前就永远闭上了眼睛。孩子们，你们知道奶奶的家庭也曾因为战争而成为这些"离散家庭"的一员吗？

我看着新闻，泪流满面。

我们种苹果吧

上周，阿斯特罗和他的朋友哈林去新泽西的一个果园摘苹果。那里秋意正浓，苹果也都成熟得刚好。他的父母给我们发了一张阿斯特罗摘苹果的照片。我很羡慕你，阿斯特罗。我在首尔出生长大，所以从没见过那样的苹果园。

阿斯特罗还跟农场的小鸡、羊驼、猪和羊都打了招呼。

看看那些苹果啊，在枝头紧紧地挨在一起。它们是在等你吗？它们挂在和你差不多高的地方，看来你做得很不错，摘苹果，让篮子里盛满了漂亮的苹果。你得踮着脚，努力去够那些苹果，所以你摘的苹果一定更可口吧。哈哈，你现在肯定想要我们种些苹果了。那我们一起种吧，阿斯特罗。

喜鹊

我们回韩国整整一年了，但感觉距离在瓜鲁柳斯机场说再见的日子
才过了几天；距离在纽约陪伴阿斯特罗玩耍的日子也只过了几天；
距离亚瑟和亚伦在仁川机场和我们打招呼的激动时刻似乎也只过了
几天。能走在秋日满是斑驳落叶的街上感觉真好。我们回韩国的每
一天，喜鹊与它们的歌声都会带给我们欢乐。

今天早上，我打开公寓的窗户，听到一只鸟儿在欢乐地歌唱，一只
栖息在树上的喜鹊，就在我眼前最高那棵树的顶端。我不知道它是
在寻找家人还是在等待朋友，它一动不动地站在那里，我便也待在
那里观察它。我追随着那只喜鹊的视线，看向了同一个方向。然后
这么多年来第一次，看到了一片万里无云的朗朗晴空。

在那里站着，看着天空很久后，我突然想到，也许那只喜鹊在担心
如何度过即将到来的寒冬。

向日葵

向日葵总是让我想起早期在巴西的日子。有一天晚上，我失眠了，于是打开电视，翻着所有的频道，尽管我完全不懂葡萄牙语。过了一会儿，我看到两张认识的面孔，那是两个意大利演员——索菲亚·洛罗兰和马塞洛·马斯楚安尼。

看那部电影感觉像是在看望老朋友。那部电影很美丽，也很悲伤。那部电影一直没有在韩国上映，所以我不知道这是著名导演维托里奥·德·西卡的经典作品。虽然一句对话都听不懂，下面的字幕一个字也看不懂，但我还是哭到了最后一幕。那部电影是《向日葵》，一部我永远都忘不了的电影。我在那晚哭了那么久，也许是因为电影里失去爱人的女人压抑的呜咽打开了我孤独的水闸，那是每一个移民都能感受到的孤独。

我很想念你

亚瑟，你是猴年出生的吗？我的天，你现在已经十来岁了。你离开巴西已经好一阵子了。对于我来说，大多数日子里我们可以打视频电话，这真的很棒。好吧，对你来说，也许打视频电话是很平常的事，但对爷爷来说并不是这样，我越想就越觉得感恩和惊叹。

到不熟悉的地方对你来说肯定有一定冲击。韩国和巴西很不一样。所有人在韩国都急匆匆的，对你来说，想要按照自己轻松愉悦的步伐前行一定没有那么简单。试着不要总赶着去做所有事情，花点儿时间看看周围，别总是看着前方。

听说你开始打棒球了，我很开心，你在巴西的时候一直没能尝试这项运动。而且你能在学校食堂和朋友一起吃午饭，还去参加学校组织的博物馆和天文台校外旅行，真的很棒。我最开心的是，你的学校就在家对面，这样你能和弟弟两人一起走路去上学。这些日子，爷爷一直都在想五年前接送你上学放学的日子。你知道吗？每次你在后座上笑着，我都会在驾驶座上和你一起笑。我很怀念那些日子。

现在这里是早上，我准备去公园锻炼一下，而你应该还在睡梦中。也许我们会在梦境里相遇。好好睡，祝你做个美梦。

188

热腾腾的玉米

有谁不喜欢煮玉米吗?

在巴西，无论哪个时节，大家都喜欢路边小摊儿卖的玉米。今天，我去拜访一位朋友，匆匆走在街上时，我闻到了一股煮玉米的味道。我四处看看，找到了一整排卖玉米的小摊儿。我选了一个老人的手推车摊子，随着我的靠近，他脸上露出喜色。

"请给我三个。我想要软软的那种，加一点点盐和一点点黄油。"

老人选好玉米放在一片长叶子上，接着仔细地加了盐和黄油。我接过玉米，发现竟然有四个，于是说道："哦，您多给了一个。"老人给了我一个大大的微笑，说道："多的一个是我送你的礼物。"

和朋友一起享受仍有余温的玉米时，我意识到分享会让热腾腾的玉米更美味。

猎豹

所有孩子都喜欢动物，对吗？

说实话，我并不是个动物专家。

我在一本书里查了一下，想了解哪些动物巴西有而韩国没有。

巴西有猎豹和美洲豹，但是韩国没有。

啊，想听听这二者有什么不同。

爷爷开始为我画一幅猎豹。

他用生动的图案作画的时候，我在一旁看着。

瘦长的猎豹用尽全身力气在奔跑。

我在这里就能听到它吃力的呼吸声。

三个婴儿

三个小婴儿排成一列躺在那里，手脚并用地交流着，他们是波纳多、奥利维亚，还有克里斯蒂安。

小婴儿的爷爷们都在20世纪70年代移民巴西，他们的儿子差不多在同一时间出生，而他们的儿子也差不多在同一时间结婚生子，时间差距不到一个月。三个小婴儿都是第三代韩裔巴西人。看着他们可爱的圆脸，明显能看出来他们是韩国人，对吗？看着他们的手臂和腿在扭动，一刻不停，我能感到他们想探索整个世界。

托马斯和朋友们

在巴拉纳比亚卡巴看到那辆漂亮的旅游火车时，我就想到了亚伦。

亚伦，你热爱一切带轮子的东西。你会趴在地上，只为好好看看那些玩具的轮子。你会慢慢地推着小车子到处走，只为了能看看那些轮子是怎么转的。奶奶知道你当初有多详细地研究过轮子。你最宝贝的就是托马斯和他的朋友们那组玩具，那是舅舅送你的礼物。你每次把它们的名字报给我，我都努力试图记住它们，但是我从没成功过。

拉手风琴的老人

路过蒂拉登特斯车站的时候，我依稀听到了一段音乐，一段异域音乐。一位老人家在拉手风琴，但声音非常小。那声音小到，如果他不是在移动手指，我甚至不确定音乐声是不是来自他的乐器。也许他只是一尊伫立于此的雕像。那个手风琴很小，看起来很轻。它的颜色也很有意思。但独特的不仅仅是那个乐器。

那位老年人戴着的头巾、长长的白胡子，还有他衣服的颜色都很奇特，他就像刚从某个遥远的国度来到这里一样。他身边堆得高高的东西也非同寻常。大多数人漠不关心地从他身边走过，但我在他边上的一个长凳上坐了下来，慢慢地观察他。

我注意到的第一件事就是，他所有的东西都是纸做成的！手风琴、头巾，还有他的围巾都是纸做成的。他那小小的纸乐器做出来是为了创造旋律。看着他身边那一堆东西，我能想象出这位老人是怎么度日的。如果巴西作家若泽·毛罗·德瓦斯康塞洛斯见到他，肯定会把这位老人的故事写成《我亲爱的甜橙树》续作。

他就那样缓缓地陷入梦乡

这个男人一定很疲惫，他完全没有注意到我靠近了他，就那么继续睡着。看起来他在收集废纸，对吗？我不认识他，他不过是我在散步时见到的某个人。他在自己的地盘陷入梦乡的样子看起来莫名的安详。

他一定是就这么听着音乐，缓缓地陷入梦乡。我在路过时放慢了脚步，尽量不发出任何声响。

再见了，巴西！

在过去36年中，几乎每个早上，我们都要前往邦雷蒂鲁区工作。远远的，在高处飘扬的巴西国旗是第一个欢迎我们的东西。我们怎么可能忘记那个场景呢？它就像在为我们加油，总是在同样的地方，无论天气如何。现在我很确定，它也会在我们离开这片土地时祝福我们。

哦，巴西，我们真的很感激，在我们脆弱的时候，你用温暖的怀抱接纳了我们，而现在是说再见的时候了。

再见！
哦，蔚蓝的巴西，再见！

爷爷追忆双亲

一段关于我父亲的记忆

为了避开战乱，我们一家在寒冬中离开了首尔。我们走了一整天，一句话都没有说。到了晚上，到处都没有能收容我们的避难所。我们在白雪皑皑的空地上停下来过夜。父亲让我躺在他身上，这样我就不用睡在冰冷的地上了。后来时不时回想起那个夜晚的时候，我总会轻声对自己说："父亲，为什么那个时候我没有意识到，你那个时候得有多冷，多疲惫啊！我已经8岁了，应该知道的！为什么那个夜晚深深刻在我记忆中？"

死亡意味着什么

孩子们，你们知道死亡是什么吗？我第一次听说死亡是在四五岁的时候。有一天，父母很简单地告诉我："人都是会死的。"

"你们也会死吗？"听到他们说"也会"的时候，我情绪波动很大，直接哭了出来。我记得很清楚我那天是怎么哭的，就算我现在已七老八十了。我那样哭是因为我明白死亡意味着什么吗？我那时候还很小，为什么会那样悲伤呢？

做着球鞋的父亲

我想画我父亲。你们的曾爷爷在爷爷出生之前是个足球运动员。就算不再踢球了，他还是在做教练和经理人，他算是韩国足球界具有历史意义的人物。他还因制作球鞋的技能而出名，所以他会收到很多大订单。大家都叫他"老烟斗男"，因为他嘴里总叼着一根烟斗，就算在敲打那些能与运动员完美匹配的鞋子时也是如此。我在读初中的时候，父亲总是在制作球鞋，但我们家仍然非常穷。以前，足球运动员也很穷，所以他们会订鞋子，但是他们没法付钱。如果父亲发现路上有足球运动员要靠近他，他会换路来躲避他们。他知道他们会感到十分遗憾，但我们在那个时候真的好穷啊！

母亲

高中那会儿，我有一天和往常一样回家，开门进主卧和妈妈打招呼。但妈妈就那么躺在床上，身边围坐着邻里的阿姨。我很担心，因为妈妈从来不在白天的时候躺在床上，但我想：哦，妈妈生病了，她一定病得很厉害。最后我一句话没说地关上了门。

数年后，妈妈和儿媳讲起了那一天的故事。她说她知道儿子沉默寡言，但她那天很失望很伤心。"唉，在利就看了我一眼，然后把门关上了。"

我现在仍然不擅长表达自己的感情，但我有进步。
"你难受吗？需要吃药吗？没关系，爷爷抱抱你就会感觉好一点儿了。"

回想起我还是个小男孩的那天，我的心脏都要跳出来了。如果我能求她原谅就好了，虽然那也太迟了。

新年红包

我还记得收到新年红包的那个春节。我每次都会深深鞠一躬再收钱。
我会把红包放在一个很好看的钱袋子里，那会让我获得无法言表的快
乐。下一个清晨，睁开眼睛的时候，我会寻找放在床上的钱袋子。钱
袋的确在那里，但是它却瘪下去了。我很快打开那个袋子，然后发现
里面都空了。那个瞬间我感受到的震惊和恐惧很相似。我去和妈妈说
这件事，她一点儿也不惊讶，只是很冷静地说道："我在替你保管红
包。我会好好看着那些钱，等你长大就给你。"

我没法和她争论这件事，因为某些原因，我也哭不出来。为什么
呢？我也许或多或少知道，那笔钱绝对拿不回来了。我也许还小，
但也知道妈妈拿走那笔钱的原因。虽然如此，但我还是能哭的。我
最起码是能哭出来的。

我们家很穷。虽然我只是个小孩子，但我也知道我们有多穷。我知
道哭泣一点儿用都没有，所以我一定不能哭。你们知道贫穷意味着
什么吗，孩子们？我还是没法忘记那个早上钱袋子摸起来是什么感
觉。一个扁平的袋子，一个空空如也的袋子。我漂亮的袋子，完全
空了。

我们很想念你们。

冬

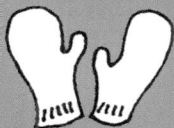

看看这个孩子

看看这个孩子的姿势。

你们会问，他是在睡觉吗？

没错，他是在睡觉。

你们能感觉到吗？他到处跑，突然感到疲惫，停下来了。

看看他撅起的屁股。

你们能看出来吗？他玩得精疲力竭了。

看看他压在胸前的双手。

一个累坏了的孩子甜美地在地上小憩，

稍睡片刻，他就会醒过来大喊："妈妈！"

一颗母亲的心

在医院的候诊室里，我看到一个年轻的妈妈，她身旁的婴儿推车里有她的孩子。她凝视着车里的孩子，跟那个孩子轻声说着话。婴儿车遮篷上有个透明的窗户，小婴儿一动不动地坐着，也盯着自己的妈妈。他们俩看起来都生病了，那个妈妈看着自己正经受病痛之苦的孩子，这个场景令人心碎。

我回想起我把发着高烧的孩子紧紧抱在胸前的场景。外面刮着劲风，雪花飘落在地面厚厚的积雪上，我抱着孩子去看医生。我还能记起，医生叫我带着孩子去一家更大的医院时，我内心的恐慌。那时候是1973年，现在那个孩子已经成了一名父亲，而我从来没告诉过他这个故事。没错，儿子，妈妈当时因为担心你，心脏差点儿都要从胸口里跳出来了。

叫到我的号后，我去取了处方血压药。从医生办公室出来时，我再次看向了那个妈妈。那个婴儿在笑，那个妈妈也在微笑。他们朝着对方微笑，所以我也能微笑着离开医院。

那是隆冬时节一个十分寒冷的早晨。

圣诞老人

嘿，阿斯特罗，你圣诞节玩得开心吗？

看看正在滑雪的年轻圣诞老人啊。我一直以为圣诞老人都是乘着雪橇来的……看来事情似乎有了变化。现在的乖孩子肯定比以前更多，圣诞老人得准备更多礼物，而且要在圣诞节的清晨到来之前送到孩子们家里，所以他就得把这份令人开心的工作分给更多擅长滑雪的年轻人。嘿，阿斯特罗，你没有生气或者哭泣，所以你一定收到了许多礼物。我还得去问问亚瑟和亚伦。

喜鹊的叫声

回韩国之后，有些事让我真的感觉是回家了。搬回来的第一天，我就听到森林里传来了一阵熟悉的声音，环绕着我们的公寓。那是喜鹊的叫声，36年后我再次听到了这个声音。这声音可一点儿都没变。

这张图里的喜鹊站在一棵柿子树上，一边忙着啄食柿子，一边呼朋引伴。在以前的日子里，住在乡村的人们不会摘下所有的柿子。他们会留一些给寒冬中没饭吃的喜鹊。显然，喜鹊以前是人们的朋友，而对现代的果农来说，它们却十分讨人厌。为什么喜鹊会在果园里啄食水果呢？它们以前从来不这样。我想是因为现在野生树木越来越少了。

新年磕头

2岁都不到的阿斯特罗在新年的早晨向爷爷奶奶磕头了，甚至还穿了一件正式的韩服。他一定是从他妈妈那里学到了新年磕头的礼仪。"向你的爷爷奶奶磕头，阿斯特罗！你可以的。"他的爸爸妈妈这样鼓励他，然后阿斯特罗双手和双膝着地，磕了一个头。仿佛是不确定自己做得对不对，他稍稍转了一下头，看向他的妈妈，似乎是在问："我应该这么做，对吧？"

看着他，我感到十分自豪，甚至不知道应该怎么做了。明年他就能自信地自己磕头了，那个时候我想他就能说出"新年快乐"，祝我们新的一年好运了。然后我们会和他说："可爱的阿斯特罗，我们也祝你好运！哦，别忘了，我们还会给你压岁钱！"

爷爷在睡觉

嘿，孩子们，我现在越想就越觉得这辈子神奇的事甚多。你们一定很好奇我说这话的原因吧。

你们也知道，爷爷和我性格迥异，对于我来说，我们在一起生活超过50年这件事真的很不可思议。爷爷喜欢和朋友待在一起，但他绝对不会是那个主动打电话约人去做事的人。比起爷爷，我倒是很擅长做这种事。我一直是那个组织大家在夏日去海边，秋日去乡村，并且花时间和朋友还有他们家人在一起的人。不像我，爷爷对植物一点儿兴趣都没有。他喜欢早起，而我喜欢睡懒觉。我不知道是不是因为现在是冬天，或者说我晚睡的习惯有传染性，这些日子，爷爷越来越频繁地在8点之后起床。有一天早上他起晚了，惊讶地说道："所以这就是大家这么喜欢睡懒觉的原因！"

年纪渐长的朋友们

对我和爷爷来说，能够和朋友见面聊聊天是一件很愉快的事。昨天爷爷去和他的大学朋友聚会了。他们现在都是七八十岁的老头子。其中有个人在集合时，十次有九次都会出状况，这次他又出了状况。尽管组织者已经在前一天打电话提醒这个人在聚会的老地方永登浦区公所站见面，这个人还是出现在了永登浦区站。

在他们昨天见了面之后，这个人和另一个人跟着爷爷，然后说道："嘿，陈在利！我们去仁川再喝一轮吧！"如果是以前，爷爷毫不犹豫就答应了，但现在他必须适量饮酒，所以，在地铁站，他就藏在了一根柱子后面！悄悄站在远处，看着朋友们到处找他，他感到非常伤心。

"那个不停谈论着爱因斯坦，年轻而热情的物理老师已经不见了……现在我的朋友们都变成了弯腰驼背的老头子。看着他们，我意识到自己肯定看起来也是那样。"
听着爷爷这样感叹，我也感到很悲伤。

眉毛

这天早晨，爷爷在自言自语："我以前一直不知道变老是什么。我就这么一天一天过着，根本没想过这件事。这些天我开始注意身体上的变化了。"

他第一个注意到的是眉毛！现在他头发都已经白了，变得更柔软了，而眉毛还是十分粗长，就那么立出来，像电线一样。"好像我吃的所有东西都是为了长眉毛。"爷爷一边嘟囔着，一边对着镜子，试图自己修理一下那些眉毛，但他还是放弃了，让我过来帮忙。我帮他修理好了眉毛，但就算戴着眼镜，我还是没法看得很清楚，所以他抱怨我打理得不够干净。

我们这对老夫妻现在的晨间日常可真太好玩了。

看那边！

我和你们说过，对吗？圣保罗的郊区有一处爬山的好地方——阿蒂巴亚。

我在今天一个朋友发给我的照片里发现了一些好玩的东西。所有人在这张照片里都举起手看向某处，他们都在指着同一个方向。他们看到了什么？是什么吸引了他们的注意力？

ko, ko, ko

阿斯特罗在跟着爷爷学韩语。

"鼻子是什么，阿斯特罗？"

"ko！"

"嘴巴呢？"

"Ip！"

"耳朵？"

"Gwi！"

"额头？"

"Ima！"

现在他们开始玩一个游戏了，阿斯特罗在主导游戏。

"ko, ko, ko… ip！"

"ko, ko, ko… gwi！"

"ko, ko, ko… ima！"

他不停地用指尖点着爷爷的鼻子，然后突然碰他的耳朵叫道："嘴巴！"如果爷爷跟着也摸耳朵，他就输了。他得指嘴巴。这个学字游戏就是这么一代代传下来的！

樱花于夜晚盛放

冬天漫长而寒冷。在冬日准备离开的一瞬间，樱花便会悄无声息地出现。

樱花盛放，花期虽短，却无限美丽。

与它道别之前，我们会在树上挂满灯，整晚不睡觉，在树下漫步。

奶奶的毕业照片

你们想听爷爷在釜山服兵役时的故事吗？

我把大学毕业照片寄给他，照片上的我戴着一顶学位帽。爷爷一直把照片放在兵帽的内侧，一有机会就拿出来悄悄看一下。我还记得他在一封写给我的信里说，无论训练有多艰苦，无论他受到的惩罚有多不公平，那张照片总能安慰他并给予他勇气。但是！有一天帽子里的那张照片消失了！他说他以为自己要疯了。你们能想象到他那时有多绝望吗？一想到在看着我漂亮脸庞的是其他士兵，而不是他，他就十分焦虑。哎呀，就是这张了！奶奶在1965年2月刚刚毕业时的样子！我那时候看起来很精神很纯真吧？

最可爱的皇家护卫

一个小小的皇家护卫队员站在为皇室值班的正式卫兵身边。他们俩站在一起的样子很可爱吧？

小男孩在他4岁生日那天想去温莎城堡和女王打招呼，所以他妈妈让他穿上了皇家护卫队的红色制服。那天，小小的男孩和他妈妈度过了很完美的一天。女王奶奶收到了许多来自人民的爱，而她一定在这个小男孩用尽全身力气向她致敬时注意到了他。这一切都太美好了！

挑战永远不会简单

有一天，亚伦要爷爷教教他怎么在iPad上画画。我在边上仔细听他们谈话，想看看会发生什么。

"啊，真的吗？你想学？"

我很紧张，你们爷爷很长时间以来甚至都没有打开过iPad。如果他忘记要怎么用它，然后很慌张怎么办？

还好，爷爷能毫不犹豫地教你。实际上，需要努力跟上进度的人是你，亚伦。

其实，新的挑战对老年人来说都很困难，我们总是会忘记很多东西。要是有一天，爷爷记不住东西，开始纠结了，你就可以过来帮忙教他啦！

流浪猫的一生

在一个破败的老旧废弃街区里坐着一只猫。人们打算重新开发这片区域。那些老旧的大楼现在已经成危楼了，所以他们打算把那些楼都砸了，以前住在那里的人现在都必须离开。现在没人能喂那只猫了。那里甚至没有垃圾，而没有垃圾就意味着没有老鼠……剩下的只有孤独、饥饿的猫。看到还有人愿意在寒冷的日子里过来给那些饥饿的流浪猫喂吃的，我很欣慰。

我还记得以前有句老话：猫不会像狗一样跟着人走，它们会待在自己一直居住的地方。

这是过世的母亲告诉我的吗？我想是的。

看图的方法

"看这个！它们都一样。"2岁的阿斯特罗指着墙上的图说道。

阿斯特罗啊，你当时想说的一定是"为什么这里有这么多一样的东西？"你当时在好奇，为什么有人会这样一遍一遍画着同样的东西？好奇怪呀。有很多成年人也许也觉得这样很奇怪，但他们不会问出来。阿斯特罗可不会隐瞒心里想的事情。

我们等不及想听到你5岁时会说什么了。

你15岁的时候又会说些什么呢？

哐啷，哐啷

阿斯特罗今天在玩火车。"哐啷，哐啷，呜呜！"看来他刚想出了一个好主意——他开始把恐龙模型摆成一列火车。你们觉得他会想到这个是因为他有很多恐龙吗？

"看起来很有意思啊！"爷爷说道，"我也想摆火车！我自己做一列火车，然后给阿斯特罗看。"

爷爷用阿斯特罗的鞋摆成了一列火车。这列鞋子火车变得越来越长。一只红鞋，一只绿鞋，一只黄鞋……现在这辆好看的鞋子火车准备出发了。它会去哪里呢？

阿斯特罗还在摆他的火车。这列火车越变越长，他可还有几只霸王龙呢。

鸟儿们在哪里睡觉？

我们这片的鸟儿们晚上在那里睡觉呢？

为什么孩子们不问这个问题？

他们是已经知道了吗？

我们住的小区，树木和单元楼一样多。如果你们晚上从公寓里往下看，只能看到一片漆黑的森林。

我想起了一首古老诗歌里的一句话：鸟儿们白日离开树木，夜幕降临，它们会再度聚集。

我从没见过那和场景，所以也不敢确定，但我相信鸟儿们是在树上睡觉的。

在它们小小的森林里，天上星星闪耀，它们会告诉彼此自己一天过得如何，然后陷入沉睡。

我希望它们能在安静的黑暗中无忧无虑地睡着。

角茎野牡丹的海洋

爷爷在画一种在二月的圣保罗随处可见的花树。淡粉色、洋红色、紫色……不同颜色的花朵在同一棵树上绽放。花儿们的形状都一样，只有颜色不同。我每次看到它们都会惊叹。它们叫作角茎野牡丹（quaresmeira），这个名字来源于"quaresma"，在葡萄牙语里的意思是"租借"。它们盛开的时候，是人们想着耶稣死亡与重生的时候。

有一次，我们去了圣保罗附近的巴拉纳比亚卡巴。站在山顶看过去，有一整座山都被角茎野牡丹覆盖，一片美丽的花海，就在天空之下。那真是一幅壮丽而令人叹为观止的景象。我从没见过那样的场景，就连现在，仿佛都能看见那个场景呈现于我眼前。

亲爱的卢阿
一封来自爷爷的信

当我把手伸给你的时候，你抓住了我的一根手指。你用五根手指牢牢抓着它，用尽你全身的力气，似乎永远不会让我走。

第一次在手指上感受到你的力量时，我情不自禁地哭了。你的手那么小，却有着无穷大的力量。你用圆胖胖的小手抓住了我的身与我的心！

当你抓住我的时候，就在那一刻，我的心在呐喊：
"小宝贝，别担心，爷爷就在这里。"

爱之蔓

这是我在公寓小阳台种的爱之蔓。它连名字都很可爱，不是吗?

我想那是在1979年，我有一个朋友在东京住了几年，在那里学会了插花，甚至还考了个证。她回首尔后，我去她家拜访，她就给我剪了一小串这种叫作爱之蔓的藤蔓。我一回家就开始照顾它，一点点地栽到土里。这株植物就和它的名字一样，叶子都是心形的。不久后，我们就要去巴西了，所以我把爱之蔓给了一个邻居。

在圣保罗安顿下来之后，我在一家花店发现了爱之蔓。看到这个熟悉的植物让我十分开心。谁知道在这么远的地方也有爱之蔓呢! 我立即就把它买了下来。回家的路上，我脑海里浮现了"命运"这个词。

这串爱之蔓苗壮成长，每一串开了花的藤蔓上都有椰果大小的小豆子，巴西人管它们叫"小土豆"。把它们摘下来，种到一个新花盆里，新的藤蔓又会长出来。我不停地这么做，直到我有许多爱之蔓。回韩国前，我把它们分给了邻居们，几个月前我收到其中一人的消息，说我给他们的爱之蔓现在长得很好。这让我真的十分开心。

万灵节那天

亚瑟上四年级的时候，我们带亚瑟兄弟俩去了圣保罗的客西马尼公墓。当天是万灵节，所以那里有很多巴西人。天气很热，但微风让人感觉舒爽。每个坟墓上都点缀着色彩鲜艳的花朵，死亡的阴霾随之消逝。我们笑着拔除杂草，擦拭刻着父母名字的墓碑，直到它开始闪光，然后焚香，为他们敬上了一杯红酒。我们牵着手，低头鞠躬以示尊重，就连小小年纪的亚瑟兄弟俩也敬了一杯酒，然后将酒杯放在了坟头。我告诉他们，我的父母死后就葬在这里，他们都躺在地底下。我继续说："我们死后也会葬在这里。"

我就这么直接说了出来。啊，其实我真的很想让他们知道。虽然他们还小，但我就是想告诉他们。那天的天空清朗，墓上的花束也十分美丽，再加上周围人群创造的氛围，我便有了说出口的欲望。

但看起来，听到爷爷奶奶有一天会死亡并被埋葬，你们震惊了，"爷爷奶奶也会死吗？"

"当然。每个人最后都会死。"

后来我听说，亚瑟回家之后和他妈妈说了墓地之行，他还问这是不是真的——爷爷奶奶也会死去，并被深埋于地下。

一直都在我心里

刚到巴西，还在四处找住所的时候，我有了一个惊人的发现，你们敢相信小区正中央会有墓地吗？一个房地产中介带我们看了一套顶楼的公寓，一看到窗外，我就被吓到了。公寓楼外面就是一片树林。我以为那是一个公园，但不是，那是一个墓地，就在圣保罗的中心。这在首尔是绝对不会有的事。

第一次在巴西吊唁时，我看到人们会亲吻棺材里过世之人的脸，触摸他的手。对来吊唁的人来说，生者和死者也许没什么区别，他们对死亡的理解和我不一样，但我真的震惊了很久。

现在，我住在巴西几十年了，吊唁的时候，我总是会去棺材边，看看过世之人的脸。不知为何，现在我感觉没有那么奇怪了。我知道一切都在我的心里，我的心指引我去靠近。对死亡的恐惧只是我学到的东西，而不是源于内心。好吧，现在我从巴西朋友那里学到了一种新的理解死亡的方式。

一看到花朵盛开……

一看到路边长出蒲公英……

每到这种时刻，我们就会想念你们。
爷爷奶奶，每时每刻都在想着你们。

后记

我很肯定，数年后，孙子孙女会经常想念我们。我时不时会想想那个场景，他们看着爷爷的画，还有奶奶在边上配的文字，感受着和平与爱。

也许他们会想：爷爷奶奶以前也是小孩子，经历过战争，逃过难。听说爷爷以前总是喜欢唱歌，所以他为什么不愿意学一些我们喜欢的男团女团的歌？我都不知道我以前和爷爷奶奶在一起玩过这么长时间……

我会假装没有看我丈夫，然后在他作画的时候观察他的脸。我的丈夫，法令纹越来越深，头发越来越白。我的丈夫，戴着助听器都听不清东西了，所以他现在最喜欢看的节目是台球比赛和围棋比赛。但他是一个很神秘的丈夫，虽然听不清，但还是知道世界各地在发生的事情。看着他逐渐变老，我开始相信人在变老之后会变得更加神圣。亲爱的，你是保护这个家的守护神。

我们在巴西辛苦工作，从没有逃避过任何责任。在我们店里买东西的都是巴西人，我们对他们每一个人都十分感激。巴西满是善良热心的人，就算你的葡萄牙语不熟练，他们也能理解；如果有人摔倒，他们会冲过去扶着他的胳膊，送水给他喝；他们也很擅长表达感恩。巴西人不会斜着眼、满是批判地打量别人。我们在巴西过得很开心。

很多人和我说："阔别36年再回家的感觉很美妙吧。"但现在哪里都不是我的家了。啊，这么说也许不准确。应该说，现在有更多像是家的地方了。首尔、统营、釜山、圣保罗，还有我们现在居住的富川，它们从某种角度来说都是我的家。

还有很多人问："你们为什么要回韩国呢？"事实是，我也不知道。为什么我们在巴西过了半辈子之后还要回韩国呢？人们说，我回来肯定有个理由。但真的没有，人生中有些事情就是没有理由。

生活会有痛苦和折磨，一件接一件的事情，如可怕的浪潮，一波一波袭来。有时候我甚至害怕睡觉，害怕在早上醒过来。有时候我不想见任何人，想到要见人就惊慌。这种时刻来临时，家人和朋友会帮助我，随着时间流逝，所有的恐惧开始慢慢消逝。所以，最重要的是，在有人会说"怎么了？这是谁做的"并为我出头的地方，在属于我自己的地方，有家人在的地方，就是我的家。

我决定休息一下，先不写作了。我带上一条色彩鲜艳的围巾，穿上了新牛仔裤出门。我打算去看医生，问问晚上睡不着觉该怎么办。有很多孩子在公园里，看看他们到处跑着、笑着、玩闹着，我心中满是平和。一个孩子尖叫了一声，然后开始哭了起来。

突然之间，我开始变得焦躁。他们在哪里？是谁？怎么了？五六个孩子围在一起，一个人给哭泣的孩子擦眼泪，一个人揉着她的膝盖，安慰她，"没事。没有出血。"然后这群孩子又站起来，开始到处跑。他们发出阵阵欢呼，很难说刚刚是谁在哭泣。我在一条长凳上坐了很久，看着那些孩子们，然后起身回家。我完全忘记了要去看医生。

孩子们的笑声让所有人愉悦。如果在抑郁或者无望的时候听到孩子们的笑声，人们能忘记所有的烦恼。孩子们，你们知道这件事吗？你们清朗明亮的笑声能让那些孤独的人忘记孤单，帮助人们治愈最可怕的伤痛。可惜的是，大多数时候我们都会忘记你们的笑声有多么神奇的力量。但我不应该担心那件事。你们总是在笑！同样的，我们得时刻提醒自己，笑声在生命中有多重要。

把我们的故事编辑成书感觉很奇怪。突然之间，我能在展开的书页之间回看我们的人生。那个时候，每一天都像是难以忍受的挑战，人生似乎令人疲惫，每天都有另一座山需要攀登。但现在我站在这里回头看，那些时刻，每一个都十分美丽，它们都光芒四射。无论如何，人生都是美丽的。我真的很想告诉你们这个道理。

1968

2019

玛丽娜奶奶与陈爷爷

玛丽娜奶奶（景嘉安）

她于1942年出生在首尔，毕业于首尔国际大学教育学院的韩语教育系，毕业后当了一名韩语老师。搬到巴西之后，她一边在家里的服装店帮忙，一边在圣保罗的一所韩语语言学校当校长，同时也在一所国际学校教授韩语文学。

陈爷爷（陈在利）

他于1942年出生在首尔，毕业于首尔国际大学教育学院的地球科学系，毕业后当了一名地球科学老师。搬到巴西之后，他开了一家服装店。他曾于哥斯达黎加的圣何塞、巴西的圣保罗和韩国首尔举办过自己的画展。

携手人生

他们俩在25岁结婚，育有一子一女。1981年，他们移民到了巴西圣保罗。2015年，在两个孙子——亚瑟和亚伦——与他们的女儿和女婿一起搬到韩国后，他们开始画画写作，并把作品放到社交媒体上，以此作为一种很有成效的消遣。

第三个孙子阿斯特罗在纽约出生后，他们开始为三个孙子写写画画。在短时间内，他们的心触动了全世界人的心灵，BBC、NBC和卫报等国际主流媒体开始对他们感兴趣，并对他们表达了赞赏。目前他们的社交账号上有来自世界各地超过40万人的关注，大家都在鼓励他们创作。

2017年10月，他们结束了在巴西客居36年的生活，回韩国常住，和亚瑟、亚伦重聚，并尽可能地经常去纽约见见阿斯特罗和小孙女卢阿。他们无论去哪儿，都在写写画画，把作品与世界分享。

致谢

一本新书诞生了。

一个孩子，一幅画，一本书……所有的出生都伴随着疼痛、耐心、冲突、期待和喜悦。我们想起了那些付出爱，让"诞生"成为可能性的人。

首先，我们想感谢家人。我们的儿子智星、女儿美琉，还有三个孙子和一个孙女——亚瑟、亚伦、阿斯特罗、卢阿，他们每天都在鼓励并激励我们。

我们想感谢所有的粉丝，他们像家人一样付出真心，为我们加油打气，他们给了我们前进的动力。

谢谢大家！

玛丽娜奶奶和陈爷爷